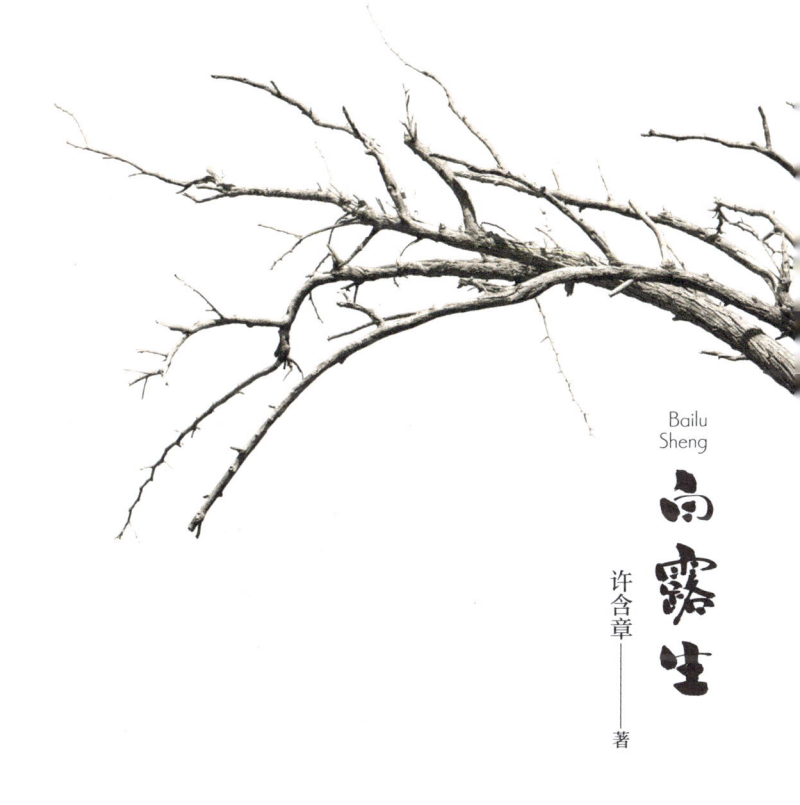

Bailu
Sheng

白露生

许含章——著

时代出版传媒股份有限公司
安徽文艺出版社

许含章，女，1984年生，2007年毕业于安徽建筑大学，2015年进入《清明》杂志社任编辑后开始散文创作，迄今已发表作品三十余万字。多篇散文发表于《大家》《飞天》《西部》《湖南文学》《红豆》《广西文学》等刊物，并被《散文选刊》《散文海外版》等多家刊物选载。

Bailu
Sheng

白露生

许含章 著

安徽文艺出版社

图书在版编目（CIP）数据

白露生/许含章著.—合肥：安徽文艺出版社,2023.7
ISBN 978-7-5396-7736-1

Ⅰ.①白… Ⅱ.①许… Ⅲ.①散文集－中国－当代 Ⅳ.①I267

中国国家版本馆 CIP 数据核字(2023)第 052197 号

出 版 人：姚　巍
责任编辑：张妍妍　宋晓津　　　　　　装帧设计：张诚鑫

出版发行：安徽文艺出版社　　www.awpub.com
地　　址：合肥市翡翠路 1118 号　　邮政编码：230071
营 销 部：(0551)63533889
印　　制：安徽新华印刷股份有限公司　(0551)65859551

开本：880×1230　1/32　印张：7.125　字数：150 千字
版次：2023 年 7 月第 1 版
印次：2023 年 7 月第 1 次印刷
定价：30.00 元

(如发现印装质量问题，影响阅读，请与出版社联系调换)

版权所有，侵权必究

序

作家地理，是怎样的一种面貌

读含章这本书稿的过程中，我一直在想，作家笔下的地理，应该呈现怎样的一种面貌？与自然地理之间，构成怎么样的隐性通连和质性区别？如何才能跨过普通游记的门槛，步入知性写作的大堂？还有更具体的，比如写家乡，面对自己的发源地，如何在熟稔中写出陌生感？陌生感是一种深度，也是一种突破。写不出认识领域的突破，我们干吗要劳心劳力地写家乡呢？

现代意义上的回故乡，在很大程度上是再出发的前奏，每个人的家乡都有两个方向：手和脚，以及身体真切触摸与经历的；还有内心中一遍遍憧憬再造却又无力抵达的。而无力抵达的被尊为"精神原乡"的那种方向，才是书写的重中之重。再比如写异乡，走在一个陌生的地方，如何在隔膜中找到亲切，找到让灵魂飞扬又有落脚之处的兴奋点？生疏的河流、山川、土地、树木、草、花朵，在写作者的内心，该怎么样地绵延生长，怎样开放或凋零？似曾相识又迥然有别的乡村和城镇，尤其是栩栩如生的个人与群像，又该给予怎样的精神命名？

我所想到的这些含章都做到了，而且做得出乎我的意料。她的思考是深切的，写法是别具一格的，她明白无误地写出了自己，也写出了与众不同。

最具意味的是《有一种乡愁叫许村》，历史与地理、现实与往事、亲切与陌生，在这篇不足五千字的文章中交相辉映。心事浩渺连广宇，一个村庄，一千年间的沧桑烟云尘埃，被绵密而又疏朗的素描勾勒出来，她袭用史书中"传与志"的笔法，表述得有节有制，既见厚实，又见清亮。

乡愁，这个被许多人写得俗不可耐的视域，在含章的笔下充满了质感和新意。在我读来，这本散文集从不同视角洞察了乡愁。

乡愁，在中国传统的文化表述中归于田园谱系。古代文人热衷于书写田园有两个动因：其一，在旧体制中，国家的经济属性是小农形态，再大的地主也是个体经营者。土地是核心价值观，是所有人的出发点和归宿：将军戎马一生，之后要解甲归田；官员居庙堂之高，或处江湖之远，之后要告老还乡；商贾在城里花花绿绿发了财，要在乡下置备土地；普通老百姓最大的奢望是耕读传家。在古代，写土地，写田园，是主旋律写作。其二，古代文人写田园，有一种突出的归隐意识，这种归隐的基因，含有悲愤痛楚的文化密码。在汉代之前，中国文人以襟怀天下为己任，文化与政治是一只手的手心和手背，肌理不同但血肉相连。但在东汉末年，具体时间是公元166年和168年，发生了两场针对文化人的血腥屠杀，史称"党锢之祸"。起因是外戚贵族和宦官争夺朝廷控制权，已经形成文化阶层的士族群体，以第三方势力的姿态，选择与外戚结盟，结果是宦官挟皇帝之力获得完胜。宦官对外戚贵族势力心存忌惮，转而对士族群体痛下杀手，数万人罹难，百余万人蒙冤，而当时的全国人口尚不足六千万。但这一时期，沉淀留存了中国文学史中著名的"古诗十九首"。这十九首诗的高耸之处，是以平和的文化心态，应对肮脏的社会生态。文化人对丑陋的政治不是失望，而是不抱希望了，"古诗十九首"成为中国文化史中的分水岭，标志着文化与政治的相互戒备与疏远分离。此后渐而衍生出不同的文化态度，晋代陶渊明的无奈归隐，和有话不好好说的"魏晋风骨"。到了唐代，这样的心态瓜熟蒂落，生米熬成稀粥，形成了蔚为大观的田园诗。归隐田园，是古代文化人给自己预留的退路，达则兼济天下，穷则独善其身。说白了，田园诗是中国古代知识分子写作，视角是自我沉浸的，基本无视土地的沉重，以及农业与农民的困苦。洋洋洒洒的众多诗篇中，"谁知盘中餐，粒粒皆辛苦"这样的写作心路，仅是极少数的个例。田园诗中的乐，不是农家乐；愁，尽管与文化伤痛相关联，但与社会的进步节奏无关。

古代的文化人写田园，是给自己找避风港；今天的作家，又该如何写乡愁呢？

如今的中国农村较之以前更加复杂，正值百年不遇的社会大转型时期，土地观念已经发生了实质性改变，土地不再是"王土"，国家领导人褒奖官员不再赏赐土地，其内涵和外延均已裂变，农民对土地的情感也淡薄了，土地不再是心理的寄托。许多农民，主要是年轻人，扔下父母和孩子，不顾一切地拥到了城里。官方公布的数字，农民工的总量超过了两亿七千万，相当于欧盟国家的一半人口。农民工成为城市里的新人类，而留守老人和留守儿童成了农村中的新疼痛。土地观念的变化，带来了社会结构的深层次改变，如果作家再以简单的归田园心态写作，意味着什么呢？

含章的写作正是基于这种变化，全书二十篇文章，生动细致地抒写家乡，以及家乡之外的地理、人文、水文、风物、风俗。这些文章之间，貌似相互无关联，但构成一种洗炼的浮世绘面貌。她的难得之处在于，避开缤纷的外在表象，比如面对一棵古树，她避开新发的枝叶，而是专注于树根在地下的走向，写观念变化之后，旧有的秩序如何从内部开始动摇，这是她的心明眼亮之处。

我给含章写作的建议是，把新旧秩序正在发生激烈碰撞的意识形态，传达得再鲜明一些。

是为序。

穆涛

2023 年 8 月 6 日

（《美文》杂志常务副主编，西北大学教授、博士研究生导师，陕西省文艺评论家协会副主席，第六届鲁迅文学奖获得者。）

目 录

序 作家地理，是怎样的一种面貌 / 穆涛　001

山河咏

山河 / 003

白露生 / 023

天水碧 / 037

下扬州 / 050

烛影红

庞大的岁月 / 069

客从何处来 / 076

那一年你到我家 / 094

唐老师 / 107

有一种乡愁叫许村 / 118

站在原地 / 127

或者因为是白天，或者因为是夜晚 / 134

九段锦

  磅礴古道第一关 / 141

  江南有苦槠 / 149

  扣桨而行 / 156

  晓看绿波到洞庭 / 166

  一川碧水向婺东 / 177

  去北方 / 187

  春满一树桃 / 196

  油菜花开 / 203

  雨中篁岭行 / 214

山河咏

山河
——家乡的禹迹

我的老家安徽怀远,有涡淮二水环绕,荆涂二山对峙。小时候,我常随姑姑到涡河边洗衣裳,夕阳下的涡河波光粼粼,棒槌声此起彼伏,伴随着老渡口的桨声。这是当年大禹"劈山导淮"的地方,留下了很多大禹治水的印迹和传说。大禹的时代距离今天已经十分遥远了,然日出日落,山河依旧。

涂 山

大禹醒来的时候,天还黑着,四周暗沉沉一片,什么也看不见。

他有些兴奋,昨夜也是久久不能入眠。能听见汹涌的洪水声在耳边訇响，脚下的山体似乎也在震颤。大禹一瘸一拐地走出茅棚，来到了涂山顶上，站在那里，看着东方一点一点露出鱼肚白。

很快，朝霞铺满了大地，涂山醒来了。

这是公元前2090年前后，距今4000多年，其时天下洪水滔滔，百川不治，江河肆漫。大禹治水已经进入第五个年头，"劈山导淮"工程到了最艰难的阶段。大禹胼手胝足，劳身焦思，"陆行乘车，水行乘船，泥行乘橇，山行乘樏。左准绳，右规矩"，随身所带的只有测定平直的水准和绳墨，和画定图式的圆规与方矩。大地真是泥泞啊，到处是沼泽水泊，百姓流离，生灵涂炭。《庄子·秋水》称"禹之时，十年九潦"，那该是怎样的一种情景呢？由于长年累月地泡在水中，大禹的脚指甲全都脱落了，腿上的汗毛也都磨光了，还得了很严重的风湿病，走路一腿前迈，一腿拖行，史称"禹步"，这个词在此后的很多典籍中，都曾出现。2019年4月，中国舞蹈家协会主席冯双白担任总编剧，著名舞蹈编导王舸担任总编导，由我家乡蚌埠市花鼓灯歌舞剧院排练的大型原创民族舞剧《大禹》，在我们办公楼对面的安徽大剧院上演，古老的"禹步"再现于现代舞台，让很多人惊叹。

史料记载，在古代祭祀大禹的乐舞《大夏》中，就已经出现了"禹步"，传说那是一种神秘步法，依北斗七星排列的点位舞之蹈之，宛如踏行于罡星斗宿之上，又称"步罡踏斗"。这应该是后世的演绎，带有"巫"的性质。《尚书·大禹谟》称禹"克勤于邦，克俭于家"；成书于战国时期的《尸子》则有更加具体的记述："禹之劳，十年不窥其家，手不爪，胫不生毛，偏枯之病，步不相过，人曰禹步。""偏枯"即现代医学所谓的半身不遂，亦称偏瘫，常见于中风后遗症。大禹治水呕心沥血，夜以继日，得了"偏枯"病，两腿不能前后交替行走，这便是"禹步"的由来。

初冬的涂山树木稀疏，山石裸露，山体浑圆。涂山不高，海拔仅338.7米，周23千米，由混合花岗岩和角闪斜长片麻岩组成，却是怀远县城的最高点。与涂山隔河相望的是荆山，这当然指的是今天，在大禹时代，荆涂二山还连为一体，没有被劈开。我奶奶家的房子，在怀远城关的北门口，爬上高高的涡河大坝，涂山触目可见。我幼年时曾随大人们爬上去过一次，不过在我的老家怀远，涂山不叫涂山，而叫"东山"。

涂山在淮河的东岸，县城的东面。

网络上有"禹步"的视频，哔哩哔哩上有"禹步遁象"的教学，后者是一种网络游戏，它们和真正的"禹步"已经没有关系。后世把原本歌颂大禹的《大夏》用来祭祀山川，是因为大禹的丰功伟绩，他是为黎民百姓治理了河湖山川。想来在我家乡的花鼓灯中也有"禹步"的元素，那是在"涂山祭"的基础上发展而来的淮河流域最负盛名的民间舞蹈。

花鼓灯

窗外在下雨。

记得有一年冬天,也是这样的雨天,我们的车子路过荆涂间的淮河大桥,突然感到桥身在震颤。摇下车窗,才发现有花鼓灯的灯班子在河滩上聚集,喧腾的锣鼓声惊天动地,连绵不绝。

蒙蒙细雨,给河滩挂上一道巨大的雨幕。漫天舞动的红绸子异常鲜艳。花鼓灯是流行于淮河流域,集舞蹈、灯歌和锣鼓音乐为一体的汉族民间舞蹈,我个人的感受,它最大的特点是自由、奔放、肆无忌惮。汉民族怎么会产生花鼓灯这样的民间艺术呢?我百思不得其解。花鼓灯男角称"鼓架子",又称"鼓上";女角称"兰花",又称"锣上"。花鼓灯多是在秋收之后和春耕之前,在麦场上或是河滩上演出,"文革"中一度被禁,这些年又火了起来。我们停下车,走上河滩,和众人一起围观。都是男性,都是老年人,是所谓的"锣鼓班子",没有兰花,没有故事,没有爱情,没有女角。十几个老男人,腿绑黑裹腿,腰扎红腰带,摇头晃脑,前仰后合,看见人多了,就越发张狂起来。是的,张狂,很张狂,一个个手舞足蹈、摇头晃脑,仿佛少年郎。听人议论,那天的鼓上是被县政府评为花鼓灯十大老艺人之一的梅其柱,虽说不能和怀远老一辈花鼓灯"名鼓"、艺名"老蛤蟆"的常春利相比,但在仍然活跃于花鼓灯鼓场上的老艺人中,他的名声最是响亮。只见他右肩背带,左肩系鼓,大锣以 S 形花树的形式固定在身上，鼓槌上下飞舞，直打得震天动地。怎么看也是七八十岁的人了，你却完全忽略他的"高龄"，也忽略初冬的细雨已渐渐稠密起来。突然，他停了下来，亮开嗓门，唱道："荆山没有涂山高，梅郢村对着大河梢，涡河淮河两来水，河里舟船水上漂……"

这是花鼓灯的灯歌，据说老艺人们都是现编现唱，见什么唱什么，这叫"望风采柳"。所谓"望风采柳"，是指艺人们根据生产、生活中的现实场景，即兴创作灯歌。荆山海拔258.4米，比涂山矮了约80米，梅郢村是梅其柱的老家，在淮河转弯的"尾梢"上，当地叫作"大河梢"。当年淮海战役胜利，沿淮的花鼓灯班子慰问部队，老艺人们望风采柳，现编现唱道：

> 三更里来月亮照灯栏
> 刘伯承的兵有多勇敢
> 在徐州打了三天冰寒夜
> 消灭了黄百韬两个兵团

花鼓灯锣鼓热烈奔放、铿锵明快，是一种效果独特的打击乐。作为花鼓灯艺术的一个重要的组成部分，它更多的时候是自成一体，单独上演。据说过去每逢年节和庙会，几十上百班锣鼓齐集一地，竞相击打，密集的锣鼓点子和鼓架子的口哨声交织在一起，往往声震数里。

在中国，鼓是一种特殊的乐器，在持续不断的击打中，释放出鼓舞人心的澎湃力量和巨大的感染力。新中国成立前后，沿淮最出名的鼓上是怀远常坟的"老蛤蟆"常春利，他所创造的《蛤蟆跳井》，运用各种不同的技法和锣鼓点子，表现蛤蟆吃虫、跳跃、鸣叫时的不同状态，活灵活现。他所"领走"的锣鼓气氛热烈、变化多端，很多是即兴表演。常春利生得肚大腰圆、四肢粗短，打起鼓来伸手蹬足，一蹦一跳，活像一只蛤蟆，因此得了一个"老蛤蟆"的诨号。"小金莲的舞，老蛤蟆的鼓，石猴子的架子，小白鞋的簸箕步"，至今仍被誉为怀远花鼓灯的"四绝"。

现在来说一说怀远著名的兰花——艺名"小白鞋"的郑九如。在我们家的相册里，有一张我妈妈和他的合影，他穿着一身粉红色的衣裙，头顶一朵大牡丹，鬓边缀一个红绣球。黢黑的皮肤，满脸的皱褶，笑容却如少女般羞涩，看上去有点别扭。我妈妈却这样形容："锣鼓一响，'小白鞋'踩着莲花步出场了，八十多岁的老头子，一身粉嫩，吓了我一跳！"她一边比画，一边夸张道，"突然，他背转身去，回眸一笑！我浑身跟过了电一样，从头麻到脚！"

据她说，当时那个惊艳，简直没法形容！这时候你会忘记他的年龄，忘记他是男人，忘记他满脸的褶子，忘记他已经很老很老。这我相信，看梅其柱的表演，我就十分"忘我"。簸箕步是一种独特的空拍步伐，先退一步，再掏手向前，一颠一颤，进退自如。郑家门里出过很多人。清朝末年，怀远流传着这样一句灯歌："大鼓架子郑广发，玩灯赛过袁小鸭。"郑广发就是"小白鞋"的父亲，沿淮有名的大鼓架子，郑九如的叔伯兄弟郑九林、郑九棵，也都是跳兰花的好手。

郑九如出名，是在为他母亲戴孝期间，一双白鞋，一身缟素，形成了他简净飘逸的风格。旧社会，花鼓灯著名的兰花都是男扮女装，新中国成立以后才有了女演员。郑九如身材高挑，扮相俊美，再加上他一身重孝，一双白鞋，包头上场时，十分引人注目。"小白鞋""老蛤蟆""小红鞋""水一汪"等等，都是怀远花鼓灯中响当当的名角，可惜在我出生前后，他们都已经不在人世了。

怀远民间有"听了'老蛤蟆'的鼓，快活一晌午"之说，听梅其柱的鼓，也是一种享受。雨停了，云间有阳光透出来，河滩上明亮了许多。围观的人群中，有一个老娘们在高声叫骂，引来一阵阵哄笑。据说这是他的老伴，也有人说是他年轻时的相好。女人们的笑声极大地鼓舞起打鼓人的斗志，老男人们一个个前仰后合、摇头晃脑，张狂得没法形容了。

禹王宫

在花鼓灯流行的沿淮三县颍上、凤台、怀远，为什么只有怀远的花鼓灯发展出了"千班锣鼓百班灯"的规模？我妈妈认为，是因为"涂山祭"和大禹庙。

因为拍摄大型文化专题片《中国花鼓灯》，她做了长时间的田野考察，查阅了大量地方史料。大禹庙也称"禹王宫"，建于涂山的最高峰凤凰顶上，历史上是花鼓灯班子聚集的一个重要场所。花鼓灯有两种形式：一种是灯歌、舞蹈、锣鼓，兰花、鼓架子齐全；另一种是光有锣鼓，没有歌舞，十来个甚至八九个人就能凑成一个班子，称作"锣鼓班子"，规模比灯班子小。旧时怀远几乎每个自然村都有一个甚至几个锣鼓班子，每年都会在三月二十八日这一天赶涂山会，比灯班子更喧闹。大前年，我也凑热闹赶了一场涂山庙会，人山人海，摩肩接踵，实在是挤得不行，爬到半山就坐下来了。先民们自夏朝开始就有祭祀大禹的活动，此后商周、春秋、秦汉、三国、魏晋南北朝、五代十国，直至唐、宋、元、明、清，历朝历代都会在三月二十八日"禹会诸侯"这一天，举行大规模的祭拜活动。有资料说"涂山祭"是公祭，由官府拨出帑银，其中一项重要议程，就是由地方官追思大禹治水的功德，没有大禹治水，就没有淮河流域"水土平治，万物生长"的太平景象。体现在民俗层面上，则是一年一度的涂山庙会。这一天，沿淮百姓扶老携幼，潮水一般涌上涂山，途经鲧王庙、候人石、仙人石、台桑、卧仙台、启母石等大禹遗迹，一路焚香跪拜，最后到达山顶的禹王宫。沿淮各县的新婚妇女，这一天也会上山来抱泥娃娃，在庙后俗称"送子娘娘"的启母像前焚香许愿，祈盼早日生养。当地顺口溜"七姑娘、八姨娘，成群结队赶会忙"，说的就是妇女们赶会的情形，据说禹王庙的泥娃娃再灵验不过了。

花鼓灯逐渐成为涂山庙会民俗活动的主要内容，是在宋以后。不仅怀远，每年的这一天，沿淮各县的灯班子都风尘仆仆地前来赶会，往往引发规模空前的花鼓灯擂台赛，俗称"抵灯"。

涂山庙会的会期一共三天，从农历三月二十七日至二十九日，其中三月二十八日"正日子"这一天，上山的群众往往达十万之众。几百个灯班子，上千名花鼓灯艺人，连续抵上三天三夜，针锋相对，难解难分。这极大地刺激了庙会所在地怀远花鼓灯的发展，催生了"千班锣鼓百班灯"。据怀远地方史志，除日军侵华期间涂山庙会中断了七年外，上千年来，涂山庙会几乎从未中断过。

大禹庙的门额上题有"有夏皇祖之庙"的字样，据说大禹庙始建于汉高祖十二年，公元前 195 年，无考。《中国名胜词典》称："禹王宫，别称禹王庙、涂山祠。在怀远县东南涂山之顶。"相传汉高祖刘邦镇压英布，率大军路经涂山，参拜了大禹遗迹后，下令在涂山之巅建造大禹庙。但一般认为，此庙始建于唐之前，具体年代不详。大禹庙原有三进，现存两进，院内有两株千年银杏树，令人称奇的是，树有累累"垂乳"。银杏树常见，而"垂乳"不常见，民间有"不过千年不垂乳"之说。所谓"垂乳"，即民间所说的树瘤，因形似人类的乳房而得名，但形成树瘤需要上千年时光，因此寓意长寿。很多人不辞辛劳爬到山顶，就是为了瞻仰这两株银杏树上的"垂乳"。

我发现，大禹庙里走动的不是和尚，而是道士，一律玄色道服，高绾发髻，精瘦精瘦的，进出几乎没有声息。似乎不应该称"大禹庙"，而应该叫"禹王宫"。庙与庵属于佛教，宫与观属于道教。虽然明代对禹王宫进行过两次大规模的扩建，清乾隆年间又进行过两次大范围的维修，但经几百年风霜雪雨，殿宇多已倾圮,加上道教不像佛教那样,能给普通信众提供"有求必应"的心理安慰,所以几乎没有香火。好在踞高怀远,与万丈红尘隔绝,登殿后高台,可见荆涂对峙,涡淮交汇,淮河滚滚东去,一泻千里,大禹"劈山导淮"的丰功伟业一目了然,非常壮阔。

历代有很多文人墨客登顶涂山,如三国时的曹操父子,唐代柳宗元,宋代欧阳修、苏轼、黄庭坚、朱熹,等等,留下了大量的诗文铭刻。苏轼《上巳日与二子迨过游涂山荆山记所见》称:"淮南人谓禹以六日生,是日,数万人会山上。虽传记不载,然相传如此。"照他的说法,除了三月二十八日"禹会诸侯"这一天的涂山庙会,六月六日大禹生日那天还有一场声势浩大的涂山会,只是这些都已经湮没在岁月深处了。

望夫石

我认识的涂山氏,是一块望夫石。

在一些文学性的表述中,她的名字叫"女娇"。年复一年,日复一日,女娇就这么站在涂山的南坡上,面对着淮河的方向。夏天,她遍体绿苔;冬季,她遍体白雪;而在山花烂漫的春季,她头戴花冠,腰缠青蔓,脚下是如烟的草色。即便不是三月二十八日的涂山庙会,她的身边也时常会有年轻妇女伫立,一遍遍地往她的怀中投石子,据说投中了,就能早日生子。

涂山上的草木不多,即便是在盛夏,也触目可见大片的裸岩,唯涂山氏的身前身后终年枝蔓纷披,春季尤为蓬勃。她的站姿亘古不变，她虚拟的目光向着淮水的方向，坚定而专注。

关于涂山氏女娇，最早的文献记载见诸《尚书·益稷》"予创若时，娶于涂山，辛壬癸甲，启呱呱而泣"。这句话的关键在于"辛壬癸甲，启呱呱而泣"九个字，司马迁在《史记·夏本纪》中有进一步的解释："予（辛壬）娶涂山，（辛壬）癸甲，生启予不子。"从《史记》的语境看，这是大禹自己说的话，意思是说自己在辛壬日迎娶了涂山氏，癸甲日生下了儿子启。根据天干地支计算，辛壬日到癸甲日，中间仅仅相隔了两天的时间。

这是怎么一回事呢？对此，后世很多人都不理解。我当然也不理解。但大禹所处的时代，是三皇五帝时代，科学的表述是新石器时代末期，母系氏族正在向着父系氏族过渡，所以我们不能按照今天的观念去理解大禹的婚姻。别说我们了，就是伟大的诗人屈原在《楚辞·天问》中也有这样的疑问："焉得彼嵞山女，而通之于台桑？"朱熹注："焉得彼嵞山氏之女，而通夫妇之道于台桑之地乎？""嵞"通"涂"。根据屈原《天问》里的说法，大禹与涂山女口味不同，吃也吃不到一块去，儿子似乎也不是亲生的，为什么还会在台桑之上，求一时之欢愉？

年代实在是太久远了，有些事也实在是说不清。

涂山有台桑石，在南坡通往禹王宫的路上，镌有"禹娶于斯"几个红漆篆字，大部分路过的人都不认识。不过每经此处，导游都会高声喧嚷："注意了，注意了！这是当年大禹和女娇幽会的地方！"很能引起游客的兴趣。对于大禹为什么娶涂山氏为妻，我的想法，主要还是出于一种政治上的考虑。从尧时代开始，华夏民族就遭遇严重的洪水侵袭，《史记·五帝本纪》载"汤汤洪水滔天，浩浩怀山襄陵"，洪水包围了高山，淹没了丘陵，炎黄子孙的生存受到巨大威胁。在尧之后的数百年间，应对水患一直是华夏民族生存下去所必须面对的问题。而洪水泛滥不只是一个部落的灾难，为了抵御大水，所有的部落都必须团结起来，统一起来。当时，安徽蚌埠一带的涂山氏国拥有强大的国力，大禹任命涂山氏首领皋陶为刑官，是为了与之结成牢固的政治联盟，而联姻涂山氏，也未尝不是出于将整个东夷划归自己势力范围的考虑。在治水的过程中，"禹会诸侯于涂山，执玉帛者万国"，这才有了禹铸九鼎，天下归一，奠定了中华民族"大一统"的格局。

大禹治水的模式，是中华民族"大一统"的雏形，也是我国自夏朝开始"治国先治水"政治模式的雏形。

但是大禹和女娇之间，有没有爱情呢？有！对于大禹来说，治水决定着政治和统治；而对于女娇来说，则是对爱情和婚姻的忠贞。"候人兮，猗！"中国第一首爱情诗，就这样产生了。在高高的东山顶上，在弯弯的月亮下面，女娇等候她的爱人，最终站成了一块石头。

有学者考证，"猗"有长久之意，翻译过来就是："等候君子啊，多么长久！"确切地说这是一首歌，而不是一首诗，为我国"南音"之始。东汉赵晔在其《吴越春秋·越王无余外传》中，对禹娶涂山有十分传奇的描述："禹三十未娶，行到涂山，恐时之暮，失其度制，乃辞云：'吾娶也，必有应矣。'乃有白狐九尾造于禹。"古制，三十不娶，应受惩戒，而对于大禹来说，有可能失掉治水官的职务。他三十岁生日当天，当周围的人们担心他因"三十不娶"而遭到惩罚时，大禹却说："我有天命在身，三十岁这天，一定会娶到老婆！"结果当天晚上就有白狐来会，这就是涂山氏女娇。这也太不可思议了吧！显然是传说。"九尾狐"说起来神秘，实际是涂山氏族的图腾，相当于氏族的"徽标"。但是多美啊，一条白色的九尾狐狸，华丽而高贵，神秘而妖娆。先秦《涂山歌》："绥绥白狐，九尾痝痝。我家嘉夷，来宾为王。成于家室，我都攸昌。天人之际，於兹则行。""绥绥"形容踽踽独行的样子，也含有求偶之意。"孤孤单单走来的白狐啊，拖着九条毛茸茸的尾巴，若是能与大禹结为夫妻，这片土地将永远兴旺发达！"这是一段多么天造地设的婚姻啊，虽然最终，美丽的涂山氏女娇，在涂山的南坡站成了一块石头。

为了纪念禹娶涂山，至今在我的家乡怀远一带，仍有在"辛、壬、癸、甲"四日婚娶的习俗。《水经·淮水注》："《吕氏春秋》曰：禹娶涂山氏女，不以私害公，自辛至甲四日，复往治水。故江淮之俗，以辛壬癸甲为嫁娶日也。"涂山对于大禹来说，不仅是他"劈山导淮"、会盟诸侯的地方，也是他娶妻生子、成家立业的地方，中国人的家庭模式，包括对婚姻的理解，最初也许就是来源于涂山。在这个世界上，还有哪个民族，像中国妇女一样，甘于牺牲，勇于牺牲，为了丈夫的事业，将自己的青春和情感彻底交付？

苏辙有《和子瞻濠州七绝其一·涂山》诗："娶妇山中不肯

留，会朝山下万诸侯。古人辛苦今谁信，只见清淮入海流。"苏东坡是肯定到过涂山的，有七绝《涂山》为证，但他老弟苏辙上没上去过——因为苏辙写的是和诗——就不知道了。在现代舞剧《大禹》中，有一段大禹与女娇的双人舞，著名古典舞演员姜巍饰演的大禹，和著名青年舞蹈家骆文博饰演的女娇，在双双起舞中，四目相对含情脉脉，CP感直接爆棚了。但这之后大禹就背起耒耜，迈着"禹步"踽踽远去，孤独的背影倔强而寂寥。他的妻子女娇也从此开始了漫长的等待，渐渐流干了眼泪，化成一块石头。

中国妇女的痴情，与中国妇女的等待，从这时就已开始，只是大禹十三年治水，三次路过家门，怎么就不能进屋去看上一眼呢？

禹会村

苏轼《濠州七绝·涂山》诗：

川锁支祁水尚浑，地理汪罔骨应存。
樵苏已入黄熊庙，乌鹊犹朝禹会村。

诗前有一句小注："下有鲧庙，山前有禹会村。"从他说的情形看，宋时涂山还有专门祭祀禹父鲧的庙宇。鲧九年治水不成，葬身于羽山，《左传·昭公七年》："昔尧殛鲧于羽山，其神化为黄熊，以入于羽渊。"他是一个悲剧性的治水英雄。传说鲧死后三年不腐，化为黄能，"能"是"熊"的本字。而所谓黄熊，也与我们今天看到的熊的形象大相径庭，它是一种"三足鳖"，这个在《山海经》里有记载，"鳖三足曰熊"。

这一带为古涂山国所在地，也是大禹娶妻生子和会盟诸侯的地方，虽说留下的遗迹不多，但当地有很多传说。据《左传·哀公七年》："禹会诸侯于涂山，执玉帛者万国。"《后汉书》也有"至于涂山之会，诸侯承唐虞之盛，执玉帛亦有万国"的记载。大禹建立夏朝后，分封了很多诸侯国，为了维护夏朝和诸侯国的统属关系，共商治水大计，他决定召集一次诸侯大会，地点就选在涂山。一方面，涂山部落在中原各方国中具有很大的号召力；另一方面，大禹任命的司法长官皋陶，封地在距离涂山不远的六安，大禹不仅可以在治水上获得强有力的支持，也可对各方国形成震慑。来朝贺的各方诸侯都带来了礼物，大国献玉，小邦献帛，因而有"执玉帛者万国"之说。

"涂山之会"被认为是夏王朝建立的标志性事件，因此司马迁《史记》断言："夏之兴也以涂山。"正是"涂山之会"，确立了禹"天下共主"的地位。会盟之后各国竞相献金，不过上古所谓"金"，即今日所说"铜"，所以我们在古老的典籍里，经常会看到"赐金三百""赐金以千"这样夸张的字眼。九州的贡铜越来越多了，为了纪念涂山大会，大禹决定将它们铸成大鼎。禹承帝舜之制，五岁一巡狩，等他巡狩回来后，惊喜地发现九鼎已铸成，它们分别是：冀州鼎、兖州鼎、青州鼎、徐州鼎、扬州鼎、荆州鼎、豫州鼎、梁州鼎、雍州鼎。

九鼎象征九州，天下从此一统。

禹会诸侯的禹会村坐落在涂山南麓，是一个很普通的自然村，500多户人家，2000多亩耕地，站在村西，能听见滔滔淮水声。"禹会"也称"禹墟"，这个地名很容易让人想起河南安阳的殷墟来。殷墟的发掘，几乎颠覆了传统史观中对夏商周三代的认识。殷墟距今3300多年，而禹墟距今4200多年。对于禹墟的发掘及其考古成果，中国社科院考古研究所专家、主持禹会村遗址发掘的王吉怀大胆放言：传说变"信史"，中国考古，仅此一例！

禹墟的出现，证实了大禹不是传说人物，而是真实存在的历史人物。

虽然多年以来，"禹会诸侯于涂山"和"禹三过家门而不入"，都仅仅停留在故事和传说的层面，学术界对"禹娶涂山""禹会涂山"是否真实发生过也很有争议，但在我的家乡怀远，人们对禹会诸侯于涂山一直深信不疑。禹会村考古，挖掘出土了很多诸如圜底坑、火烧堆、方土台、祭祀台基等"会盟"遗迹，当地老百姓并不觉得有什么了不起。在他们的房前屋后，经常有陶器、磨石、兽骨、兽牙等冒出来。但在我看来，最牛的还是"禹会"这一地名，"禹会"二字自从在《汉书》中出现后，2000多年来从未改变过，怎么样？有没有说服力？

禹墟遗址的木炭标本，经中国社科院考古研究所科技考古中心碳十四实验室测试，其年代为龙山文化晚期，这是淮河流域最昌盛的时期。公元前4000年前后，龙山文化中晚期，气候环境开始向着暖湿的方向发展，降雨量增加，河流水位持续上涨，造成洪水泛滥，与史载"大禹治水"时期相契合。相传汉高祖刘邦途经涂山时，曾命立禹庙以镇涂山，立启庙以镇荆山，当时的禹庙就建在禹会村，据说村中仍存残垣断壁。禹墟遗址中有一处约2000平方米、呈"甲"字形布局的祭祀台基，用灰土、黄土、白土，采用槽式堆筑法自下而上堆筑而成。在白色堆筑面的北部中间有一处用作"燎祭"的火烧面，专家解释，所谓"燎祭"，就是将薪柴积聚在一起，将动物、玉帛等物置于薪堆之上，以大火烧燎。这样，祭品的气味就能够直达天宇，让神灵们都知道。

硖山口

淮河出正阳关至硖山口一段，河道呈 S 形走向，东西两岸相距不到 500 米，壁如剑削，惊涛裂岸。不记得是读高中还是读大学时，我曾随家人到过那里，当时并不觉得有多么了不得。2017年，做"治淮七十年"报告文学项目资料搜集和整理时，接触到了大量的历史和水文资料，这才对硖山口有了深入的了解。

淮河干流上有著名的三峡、四关、三口，都是"治淮七十年"项目田野调查的重点。三峡是：安徽凤台硖山峡、安徽怀远荆山峡、安徽明光浮山峡；四关是：河南信阳的长台关、安徽寿县的正阳关、安徽凤阳的临淮关、江苏滨海的云梯关；三口是：安徽颍上的颍水入淮口、安徽怀远的涡水入淮口、江苏淮安的运河入淮口，多是集中在淮河中游的安徽段。相传硖石山原是一个整体，淮河自桐柏滚滚而下，绕群峰，腾巨浪，至硖石山骤然受阻，肆淌漫流，泛滥成灾。是大禹治水，将硖石山一劈两半。这是淮河三峡中最窄的一峡，东西硖石山高60余米，平均宽300—400米，最狭处仅100多米，从远处望去，河行其上，势若天悬。而淮河至此，也最为浩荡，最为凶险。南宋诗人杨万里有著名的《硖山寺竹枝词》，其一曰："峡里撑船更不行，棹郎相语改行程。却从西岸抛东岸，依旧船头不可撑。"其四曰："一滩过了一滩奔，一石横来一石蹲。若怨古来天设险，峡山不到也由君。"想来也只有站在那个地方，才能感受到硖石山水流的湍急和凶险。

不过，危岩对峙、激流湍险的硖石山胜景，早已不会再现。1991年大水之后，水利部门曾专门针对硖山口做过一个拓宽工程，以保证淮河洪峰顺利通过。当年大禹劈斩的硖口河面，宽仅400米，而在淮河汛期，上游来水的水面宽度一般为2千米以上，严重危及下游的安全。1991年后实施的拓宽工程，其范围上自硖山口上游1176米起，下至硖山口下游780米止，总长1956米，上游设置转角为13°的渐变线段和转角为50°、半径为500米的弧形段，至硖山口以直线与下游河道顺接。在蚌埠淮委提供的关于拓宽工程的数据资料里，都是一些看不懂的专业术语，能够清晰知道的是，今日治淮，采用了很多远胜古人的现代科技手段。就这么一个小小的拓宽工程，从1991年11月动工，到1997年12月通过验收，做了整整6年。为了保留慰农亭及周边古木等西硖石山古迹，工程实施时在河中留出了底宽30—40米、顺水流方向长80米的一座孤岛，这也是工程旷日持久的一个重要原因。

登硖石山孤岛瞻仰慰农亭，须从淮河边山口村的老渡口驾一条小船上去。慰农亭俗称"禹王亭"，始建于何时不得而知，看碑上文字，复建是在清朝光绪年间。慰农亭方形瓦顶，石柱飞檐，隐约有神兽蹲列。中国古建上的蹲兽又叫"屋脊兽"，是一种瓦质或陶质的兽形装饰，分布在房屋两端的垂脊之上。屋脊兽最多有十个，由下至上依次是龙、凤、狮子、海马、天马、狎鱼、狻猊、獬豸、斗牛、行什。别的都能知道，唯不知"行什"是个什么东西，据说是一种带翅膀的猴面人形兽，又据说太和殿以外的任何中国古建上，都从未有"行什"出现。中国古代传统屋脊建筑，除宫殿庙宇以外，民宅不得安兽，除非由皇帝颁旨敕建，以示殊荣。但一般的屋脊兽最多也就六个，所谓"五脊六兽"，列于一条正脊和四条垂脊，"行什"的出现，完全是为了突出太和殿的崇高地位。那么，"行什"又是什么意思呢？嘿！因为它排在第十位！慰农亭的规制不高，蹲兽很小，也看不清具体是什么。石柱上是光绪丁丑年凤台知县颜海扬的手书楹联："选胜值公余，看淮水安澜，硖山拱秀；系怀在民隐，愿春耕恒足，秋稼丰登。"光绪丁丑年是公元1877年，淮河流域持续大旱，北方九省赤地千里，受灾人口达两亿多。此为清朝开国200多年来所遭遇的最严重旱灾，也是中国历史上罕见的　次大灾荒，不知紫禁城里六岁的小皇帝知道不知道！

亭子的西边有一棵皂角树，树龄已上千年，三人合抱。树干黢黑，铁铸一般，很高很高，恍若高入云霄。相传西硖石山南端的峭壁上，旧时有禹书"蝌蚪文"，但久已不存，具体是哪一年消失的，或者根本就没出现过，也说不好。湖南益阳碧云峰、四川达州柏树镇、河南开封禹王台等处，都曾发现过"夏禹碑"

"禹王碑""大禹功德碑"等，碑上都镌有今人看不懂的"蝌蚪文"。大禹治水主要是在河北东南部、河南中东部、山东西南部以及淮河北部一带，在湖南和四川发现"夏禹碑"，有些意外了。"蝌蚪文"又称"岣嵝禹书"，因字体奇古，难以破译，而得了个奇怪的名字。据说著名的甲骨文专家郭沫若考证了三年，也仅考证出三个字。虽然认不出，但国内学者普遍认为，各处禹书的内容大同小异，都是颂扬大禹治水的功德。

  季节已是深秋了，万物萧瑟。陆续有三五游人登临，举着相机和手机，上来就是一通乱拍。发短视频，上抖音，如今很时髦。宋咸淳年间寿阳夏松所题《筑城记》，经 800 年风雨剥蚀，仍然模糊可辨，是研究南宋与元对峙实况的重要实物资料。做"治淮七十年"项目时，我曾随团队多次身处历史上的南宋边城，思绪滔滔。当年夏松是寿阳府的都统，在元兵大举压境之时，持同仇敌忾、光复故土之志，筑堡抗击元兵，城成，夏松撰《筑城记》刻于崖上。《凤台县志》记载："硖石山古有四城，一在东硖石顶，一在西硖石顶，俗名城子，现硖山西北角尚有遗址。此两城即在禹王山腰，山下逼淝水，故城自山腰起，一在长山北麓，连同四城，相距不及五里。"看这段文字，彼时的城防很是坚固，但历经兵燹战乱，四城也仅存其名，唯东硖石山上存有古城废墟，是著名的淝水之战时东晋龙骧将军胡彬的水军遗垒。

  古往今来，硖山口一直是据险屯兵处。

（《人民文学》留用）

白露生

　　初候，凉风至。……二候，白露降。……三候，寒蝉鸣。

　　　　　　　　——《月令七十二候集解》

今日立秋。

今日是二〇二一年八月七日，星期六。从十四时三十七分起，农历辛丑年开始进入秋季，炎热的夏天就要过去了。

立秋是中国农历的第十三个节气，在每年八月七日至九日交节，此时北斗七星的斗柄指向西南，太阳到达黄经135°。这是天体运行的结果，而在自然界，万物则开始由繁茂走向萧索和成熟。

一

《月令七十二候集解》上说，立秋有三候："一候，凉风至。……二候，白露降。……三候，寒蝉鸣。"意思是说，立秋之后，渐渐地风就不再有暑天的溽热，因为昼夜温差大了，早晨的时候，大地上会有白色的雾气缭绕。因为尚未凝结成珠，故曰"白露"，而"寒蝉"也在这个时候开始鸣叫。当然，蝉还是夏天的那个蝉，只是从立秋的那一刻起，它就变成"寒蝉"了。

《尔雅》中将"小而青紫"之蝉称为"寒蝉"，蝉属于夏，"寒蝉"则属于秋。

立秋第三候的动物候应是"寒蝉鸣"。每年的六月末，蝉的幼虫开始羽化，刚刚羽化出来的蝉呈现出一种碧绿色。蝉的最长寿命是六七十天，但它们的幼虫通常要在土里待上几年甚至十几年：三年、五年、七年……最夸张的"周期蝉"，其幼虫要在土中待上整十三或十七个年头。多么漫长的时光啊，这些数字有一个共同点，就是它们都是质数。因为生命周期是质数，当从土中钻出时，蝉就不会遇到上一世代的天敌了。蝉在中国古代象征着复活和永生，其象征意义就来自它漫长的生命周期，而蝉的形象最早见于公元前二〇〇〇年的商代青铜器上，非常古老。

我的老家在涡淮交汇的怀远县老城区，我奶奶家的老房子就在涡水边上。河堤下是大片大片的杨柳林，初夏时节的黄昏时分，有无数的蝉蛹从土中钻出。它们奋力地在树干上爬行，奋力地羽化，将外壳作为基础慢慢地让自己解蜕，就像是卸下一副盔甲。它们必须垂直地倒挂在树干上，让自己的双翅慢慢展开，慢慢变硬，突然，它们振动一下膜翅，飞起来了！

小时候，我和爸爸曾长时间地站在树下，看它们由蛹变成蝉，那是多么不可思议啊！

蝉在夏天的叫声特别响亮，但很少有人知道，鸣叫的都是雄蝉，雌蝉们却一声不响。雄蝉闹出这么大的动静来，是为了引诱雌蝉前来交配，这是一种繁衍的本能。雄蝉的发音器在腹肌部，腹肌鼓膜受到振动发出声响，而让我惊讶的是，它们的鸣肌每分钟居然可以鼓动万次以上。由于两片鼓状膜之间是空的，能起到很好的共鸣作用，所以我们听到的夏季蝉鸣，总是热烈而明亮。

是的，热烈，明亮。

绝大多数昆虫只有一年或者更短的生命周期，比如朝生暮死的蜉蝣，但在《诗经·曹风·蜉蝣》中我们依然看到这样的描述："蜉蝣之羽，衣裳楚楚。……蜉蝣之翼，采采衣服。"在非常短暂的生命周期中，它们依然美丽绽放。

向窗外望去，匡河边的树木依然茂密，天空也还是夏天的样子，"蝉唱"也仍然如雨一般喧响。我的居所在合肥政务区边缘的匡河北岸，宽阔的匡河绿化带上，时常有如雨的"蝉唱"。但是也只有在夏天，蝉鸣才会如细雨一般细密，就像我们现在听到的这样。

不是已经立秋了吗？为什么还这么兴高采烈啊？

所以立秋并不代表酷热的天气就此过去，虽说已经立了秋，但是还未出暑，秋季的第二个节气处暑，正在不远处等着我们呢。所谓"秋后一伏"，按照三伏来推算，立秋这天往往是处在中伏期间，也就是说，酷暑并没有结束，真正感到秋天的凉意，一般要到白露之后。

白露生，天气凉。夏与秋的分水岭，并不在立秋。

季节的变化与太阳直射的角度有关，地球上的四季首先表现为一种天文现象，太阳的高度决定着空气的温度。根据现代学者张宝堃的"候平均气温法"来划分四季，日平均气温连续五天介于10℃—22℃，才算是入秋。所以立秋当日，合肥的最高温度仍然高达30℃，是民间所谓的"秋老虎"。

但毕竟白露即生，凉风将至，天气很快就会变得凉爽了。

中国的二十四节气，是古人依据北斗七星在夜空中的指向所创制的时间认知体系，是农耕文明的结晶、先民的智慧，也是中国人的生活美学。"春雨惊春清谷天，夏满芒夏暑相连，秋处露秋寒霜降，冬雪雪冬小大寒。"二十四节气，七十二候，一候五天，三候十五天，一期一会，几乎绵延了三千年之久。它值得我们骄傲，更值得联合国教科文组织将它列入人类非物质文化遗产名录。

北斗七星是我们所处北半球最重要的星象。小时候，爸爸常常在夏日的夜晚，教我如何辨认天上的北斗。那时候的星空真美啊，灿烂极了。有时候也会有萤火虫从我们面前飘过，它们轻盈的身体，只能用"飘"来形容。古人发现，随着斗转星移，北斗七星会呈现出不同的星象："斗柄指东，天下皆春；斗柄指南，天下皆夏；斗柄指西，天下皆秋；斗柄指北，天下皆冬。"而现代天体科学则从黄赤交角所带来的变化来解释这一天象。对于儿时的我来说，夜看北斗充满了神秘和期待，而今天，在灯火通明的城市的夜晚，我们已经很难看到星星。

二

我居住的小区在匡河边上，能够清晰地听见匡河的流水声。

匡河是一条很小很小的河流，不知所出。立秋之后，偶尔会有久违的凉意，从不知什么地方吹过来，在匡河的水面上盘旋，瞬间就远去了。合肥周边有很多这样的小河，多到数不胜数。安徽的地貌类型复杂多样，山地、丘陵和平原南北相间，依次布列，地势西南高、东北低，加上地跨淮河、长江、新安江三大水系，河湖纵横，水域辽阔。而合肥因为处在江淮分水岭以南，岗冲起伏，所以环城皆水，叫得上名字的就有南淝河、十五里河、塘西河、上派河、官正河、许小河等等，当然，有名的还有与包拯有关的包河。这些天，我在上班的路上，或是下班的途中，能够清晰地感受到这些江淮间流淌的河流，在秋风的吹拂下，正一点一点变得清澈。是的，一点一点，你站下来，看一眼，就能知道。树木也在发生变化，汁液不再饱满，叶片也不再肥硕，在不知不觉间，树叶就变黄了，变红了，变薄了，变枯了，接着就一片一片，从树枝上飘落。

一叶落，而知天下秋。

宋时，立秋这一天，宫中要把栽在盆里的梧桐移入殿内，等到立秋时辰一到，太史官便高声唱奏道："秋来了！"据说这时宫中的梧桐树会应声落下一两片叶子，以报秋。不知道是真有其事，还是一种传说。随着气温的逐渐下降，许多多年生落叶植物的叶子会渐渐变黄、枯萎、飘落，只留下枝干过冬，而一年生草本植物将会步入它们生命的终结，整个枯萎了。

疏枝枯叶，是秋的诉说。

秋水是这个世界上最美的水，沉静、安详、清澈。春水当然浩荡，尤其是桃花水满的时候，但我还是喜欢秋水，喜欢它的一尘不染，以及经霜之后的安然与祥和。"不染尘"是秋水最大的特点，也是它的本质，即便是水面上漂着落叶，也只会显得更加干净和宁静，是亘古不变的样子。有人从高高的河岸上走下来了，是一位上了年纪的老人，他弯下腰，提起一桶水，趔趔趄趄，走到林子后面去了。

林子后面有一小块一小块的菜地，被一些从乡下来的老人种上了黄瓜、辣椒和茄子。他们的子女通过高考改变了命运，毕业后留在了省城，在高新区的大企业或是"科学岛"上的科研院所工作，他们也就随着儿女住到了城里，但离开土地的日子让他们实在难过。不不，还不是难过，是不知所措。他们在乡下种了一辈子地，劳作了一辈子，离开土地的日子，不耕不作的日子，在他们真是不知所措。他们的子女也很委屈：怎么了啊？接你们到城里来享福，反倒落下埋怨了？面对这样的责问，他们不知该怎么回答，又没地方去说，心里越发憋屈了。儿女们的家，有的是在十几二十几层，长年累月不接地气，让他们惶惶不可终日。于是他们来到匡河边，走上高高的堤岸，一屁股坐在地上，感受土地的温热。他们寻寻觅觅、走走停停，突然就发现了林子后面的空地，一下子愣住了！此后他们就三五成群，聚集到了这里，种上黄瓜、丝瓜、辣椒、茄子，点上毛豆、扁豆、黄豆、绿豆。当然要瞒着儿女，让孩子们知道了，那还得了！浇水、施肥、除草、间苗，一天一天，日子很快就过去了。隔个几天，他们就蹲在大桥底下，把收获了的瓜果摊在地上，向过往的行人兜售。他们似乎并不在意能卖多少钱、卖掉卖不掉。虽然一次次被城管取缔，一次次引发儿女们的不满，但他们就是不肯放手！

该如何去理解他们的行为呢？他们明明可以安享晚年，他们为什么就安享不了？

对土地的依赖、对土地的热爱，已经深入中国农民的骨髓，流淌在他们的血液之中。

最近在读一本书，一本一百多年前，一个名叫富兰克林·金的美国人写的书，书名叫《四千年农夫》。一九〇九年的春天，美国农业部土壤管理所所长、威斯康星大学土壤专家富兰克林·金携家人远涉重洋来到东亚，先后考察了中国、日本和朝鲜三国古老的农耕体系，并与当地农民进行了深入交流。中国的耕地资源仅占世界的7%，却养活了占世界20%的庞大人口，这让金教授十分感叹，回去后他写了这本《四千年农夫》。但我以为，他并不因此懂得了中国农民和中国农业，他的感叹与赞美，都有些隔膜。

生活在城市的楼宇之间，我们已经感受不到季节的转换、天气的凉热。

三

秋光老了，庄稼熟了，经了霜的水面，落上红叶了。立秋的三候十五天很快就过去，江淮间的农作物正在饱满、成熟并等待收割。

这里是我国东部地区南北之间和东西之间的过渡地带，日照时间长，蒸发旺盛，进入秋季以后，庄稼就都迫不及待地成熟了。合肥周边圩区的双季稻，一般要等到阳历十一月份才能开镰，成熟之前会呈现出一种介于青黄之间的混合色。这是任何调色板都调不出的颜色，浓烈极了，也和谐极了。土生土长的合肥人，当然是合肥老人，并不喜欢吃什么软糯的东北大米，他们就爱吃本地产的籼米，就吃它的"糙"。虽然离晚稻成熟还有一些时间，大豆的籽粒也还没有饱满，天空中也不见有大雁飞过，但秋天，秋天真的来了。

我小时候生活过的淮北平原，地处中纬度地带，在节气上比江淮间还要晚上一点，秋庄稼中，这时候也只有玉米可以掰了，红芋可以刨了。过了淮河，玉米就不叫玉米了，而是叫"玉秫秫"，高粱则叫"小秫秫"。我喜欢这样的叫法，听上去有一种方言的味道。虽然我从会说话起说的就是普通话，但我还是喜欢皖北方言，喜欢它侉侉的带有泥土味的腔调。"方言是不可译的，美文也是不可译的。"我妈妈说。我妈妈曾是一名大学老师，喜欢说教。

淮河是高粱生长的南界，酿酒界习惯称它"红粮"。歌词里所描绘的"高粱熟了红满天"，是意象，也是写实，不过这样的景象在今天的淮北平原上也已经很难见到了。但秋阳依然灿烂，平原依然深阔。而在合肥，即便是在秋天，也不如淮河以北地区干爽，阳光也不那么通透。恣肆的河流，漫漶的水面，蒸腾出大量的水汽，所以合肥的秋天有时会给人一种雾蒙蒙的感觉。

所以来合肥很多年，我还是怀念淮北的秋天，尤其怀念淮北秋季的夜空，那么深邃，那么高远，我们坐在操场上，那么渺小。身边有蝉在鸣叫，是短促而零落的叫声，不再如夏季那般绵长、热烈，给人以愁苦的感觉。进入深秋之后，蝉再也无力长鸣，因此在中国古诗词中，秋蝉寓意愁苦。不过那时我并不知道这些，更不知道蝉们的生命很快就要结束了。我正陷入即将失去小伙伴的悲伤之中，她要随她爸妈到美国去了，我们再也见不上面了，我可怎么办呢？

那是我生平第一次有了离愁别绪，我一个人坐在夜空下，伤心极了。她走的那年我们上小学四年级，等我再一次见到她，我已经读高二了。她还会说中国话，但磕磕巴巴，复杂一点的句子就不能理解，更表达不了。她在美国没有说中文的环境，为了让她尽快融入美国社会，她妈妈在家里也不允许她说中文，所以当她接过我递给她的一个小玻璃瓶时，她只是眼泪丝丝，却无法用语言表达。

那是我从操场后面的山坡上取回的一点泥土，给她装了一瓶，还有一瓶我自己带到合肥来了。虽然土地当时已经被大学征用，但周边的农民还是见缝插针，在山坡的空地上种满了庄稼。秋天，芝麻快成熟的时候，我们会钻到芝麻地里藏起来，让大人们四处呼喊，我们捂着嘴在里面偷着乐。芝麻一棵一棵站得笔直，没过我们的头顶，张开口的芝麻荚上，挂着米粒大的小白花。我很怀念我的童年，怀念我在淮北的日子，怀念秋天的夜晚，我和我的小伙伴并排坐在操场上看星星，有夜露滴下来，把我的头发打湿了。

一直想当然地认为，"秋"字也有繁体字，结果查了很多遍，还真没有。但"秋"字很早就出现在甲骨文中，形状看上去像是一只蟋蟀。在中国北方，蟋蟀一般在八月里成虫，九月里活跃，而"秋"字的读音也和蟋蟀的叫声相似，因此古人把蟋蟀鸣叫的季节叫作"秋"。拆开来看，"秋"由"禾"与"火"组成，"禾"字表示谷物，"火"字表示秋季庄稼收割以后烧荒以备播种。《说文解字》段玉裁注"秋"字："其时万物皆老，而莫贵于禾谷，故从禾。"但也有学者认为，它的形状更像是一只蝗虫，蝗虫也是活动于秋季，在中国历史上，蝗灾是收获前最常遇到的自然灾害，而蝗虫有趋光性，所以每当蝗灾来临时人们就燃起大火，让它们自取灭亡，故从"火"。

但无论"秋"字作何解释，秋天都是肃杀的季节，暗含着萧瑟与悲苦。所以古时候与律令刑狱有关的物事，也都被冠以"秋"字，比如刑部就别称"秋曹"。

四

美国和中国同处北半球，春夏秋冬基本一致。我们和美国不同的只是面对太阳的方向：中国白天的时候，太阳在中国这边；中国晚上的时候，太阳在美国那边。和我们一样，美国也是幅员辽阔，我朋友居住的美国东部纽约地区，秋季不怎么明显，据说刚进入十月树叶就开始坠落，不久冬季就来临，开始下雪。东南部的佛罗里达州却长年无冬，就像我们海南的气候。而西北部的蒙大拿州呢，居然会下关汉卿笔下的"六月雪"。不知在来不及将秋季充分展开的纽约，我童年的小伙伴还能不能记得淮北的秋季？能不能想起我们一起坐在大操场上，仰望星空的时候？

四季的递变全球并不统一：北半球是夏季，南半球是冬季；北半球由暖变冷，南半球由冷变暖。我不太理解的是，美国没有农历，它的春夏秋冬是怎么划分的呢？美国的中秋，月亮是不是也是一年中最圆的一天？小时候，爸爸曾经在立春这一天带我到野地里挖一个小坑，然后很小心地在坑底放上一根鸡毛。他很小声地对我说，立春的那一刻鸡毛会被春气顶上来，飘向天空。我记得我当时目不转睛地盯着那个小坑，爸爸则一直举着手表。至于后来鸡毛是不是真像他说的那样，被春气顶了上来飘向空中，我都不记得了，只记得爸爸神秘的语气和紧张的样子。

匡河高岸的坡地上，大豆正在成熟。多年以前的这个时候，淮北平原上会有很多男人在弯腰收黄豆，很多女人在弯腰捡黄豆。大豆是我国重要的粮食作物之一，已有五千年栽培历史，古称菽。古语"菽者稼最强"，这是指它在五谷中的地位，五谷指麻、黍、稷、麦、菽。古代中国的经济文化中心在黄河流域，稻子的主要产地在南方，所以最初的五谷中没有"稻"。《诗经·小雅·采菽》："采菽采菽，筐之莒之。君子来朝，何锡予之？"其为诸侯来朝营造出一种欢快、热烈的气氛，是《诗经》中的名篇，也可看出菽在上古政治生活中的重要性。

不过今天，大豆虽然经常出现于我们的生活之中，但关于它的一些事情，已经很少有人知道。男人们弯腰收割的景象也早已不复存在，现在秋收都是动用收割机，一排十几部大机器，轰轰隆隆、轰轰隆隆，小半天就收尽晾干，颗粒归仓了。平原上的大豆收割，在每年阳历九月下旬，农历二十四节气的秋分之后。农谚所谓"秋分秋分，昼夜平分"，秋分和春分一样，表示"昼夜平分"之意。秋分这一天，阳光直射地球赤道，昼夜相等，这之后白天就渐渐变短，夜晚就渐渐变长了。立秋是秋季的开始，霜降为秋季的结束，秋分正好处在从立秋到霜降这九十天的中间，也有三候："初候，雷始收声。""二候，蛰虫坯户。""三候，水始涸。"古人认为雷因阳气盛大而发声，秋分以后阴气开始旺盛，所以就不再打雷了。雷声不但是暑气的终结，也是秋寒的开始。由于天气渐渐变冷，有蛰居习性的虫子开始藏进洞穴，用细密的泥土将洞口封起来以防寒。由于天气干燥，水蒸发很快，江河湖泊中的水量变少，沼泽和水洼地也渐渐干涸。这整个过程，有十五天左右。

农事上，秋分是棉花吐絮、烟叶由绿变黄的时候，江淮地区的晚稻开始收割。匡河高岸的坡地上，老人们也明显多起来了。"秋分种高山，寒露种平川，迎霜种的夹河滩"，这是指小麦的播种，所谓"白露早，寒露迟，秋分麦子正当时"，他们难道要在城市的中央，在车水马龙的S17蚌合高速的两侧种上麦子吗？我真的要刮目相看了。匡河的水面上有鹭鸟惊起，掠过宽阔的香樟林，飞向东南去了。

合肥的东南是巢湖。深秋的风已经很凉很凉了，"白露秋分夜，一夜凉一夜"，巨大的萧瑟铺陈向绵长的湖岸线，秋意渐渐高阔。巢湖水面阔达两千多平方千米，在被称作"江淮巨浸"的年代，它漫长而曲折的湖岸蒲苇丛生，栖息着数以万计的鸥鸟。杜甫有诗句"戍鼓断人行，边秋一雁声"，头顶有雁阵飞过，艰难而漫长的迁徙又开始了。大雁南飞是要飞去那里过冬，南方比北方要暖，食物比北方充足。候鸟都有迁徙的习性，随着季节的变化，有规律地往来于越冬地和繁殖地。这些天，许多来自西伯利亚以及我国北方的越冬候鸟陆续抵达巢湖，巢湖岸线的湿地上鸟类明显增多。大雁南飞一般在二十四节气的白露，也即从每年的九月七日至九日开始，"八月里雁门开，大雁脚下带霜来"，它们从白露到寒露一直往南飞：一条线路是由我国的东北经过黄河、长江流域，到达福建、广东沿海，甚至远达马来群岛；另一条线路是经由我国的内蒙古、青海，到达四川、云南，甚至远至缅甸和印度。第二年的春天，它们再长途飞行返回到北方的西伯利亚产蛋繁殖。大雁的飞行速度很快，每小时能飞六十八至九十千米，即便这样，一次迁徙它们也要飞上一两个月。记得小时候，我们朗读过一篇课文《秋天》："天气凉了，树叶黄了，一片片叶子从树上落下来。天空那么蓝，那么高。一群大雁往南飞，一会儿排成个'人'字，一会儿排成个'一'字。啊！秋天来了！"

秋天来了，秋天真美好！

（原载于《红豆》2022 年第 12 期）

天水碧

天水碧，这是一种颜色。

在过去的很多年，我一直不知道，世界上居然有一种颜色，有如此诗意的表达。

天水碧，那该是一种什么颜色呢？

因为学过绘画，我对色彩比一般人要敏感，看电影电视，对色彩的要求远远高于对画面的要求。

我甚至会因为"色调"，把一部电影彻底否定掉。

这很不好。

记得刚一接触色彩，老师就告诫我说：不要"灰"了啊，记住，一定不能"灰"了！

我那时还不知道，"灰"在中国，是一种非常高级的颜色。

说这话的是一位很有名的油画家，我妈妈的朋友。他特别忌讳画面呈现出"灰感"，他评点学生的作品，只要是不满意，统统只用两个字：灰了！

"灰"指"灰度"，源于一种西方的色彩理论，我们学习绘画，首先学习的就是这一套。当然，实际情形比这要复杂得多，在整个学习素描的过程中，我也经常会被老师批评"灰了"！而在这一阶段，我对中国色彩毫无认知，我甚至不知道中国绘画还有色彩这一说。我所看到的中国画，不就是黑白两色吗？比起西方绘画来，简单多了！再说我那时也不关心这些，我那时整个人都陷落在一种灰色的情绪之中，无可救药。

高中就要结束了，临近高考，学校里弥漫着紧张而焦灼的气氛，类似于大难临头的感觉。青春期真是漫长啊，我心灰意懒，无所事事，唯一能够感受到的，就是生命中充满了灰色。

为什么就不能"灰"呢？为什么不能"灰"？世界上还有哪一种颜色，比灰色更能形容和传达我的心境呢？

于是我故意把画面弄"灰"，令老师手足无措。

而更让我忍无可忍的是，我妈妈每天穿着大红或类似大红的衣服，在家里出出进进，一点也不自觉。她一生钟爱大红，我百思不得其解，一个40多岁的人，一个做了母亲的人，怎么就敢穿这种颜色！

2017年11月20日，"维多利亚的秘密时尚秀"第一次来到中国。关于"维密"的消息，一时间成为网络爆点，"维密"呈现出的浓郁"中国风",让国人醉了。作为全球最著名的"内衣秀",历史上"维密秀"只有三次离开过美国本土,分别去了法国的戛纳、英国的伦敦和法国的巴黎,而 2017 年的中国上海"维密秀",是它第一次来到亚洲。刘雯、何穗、奚梦瑶、雎晓雯等等中国超模,组成史上最强中国军团,裹上牡丹花的大浴袍,穿上"恨天高"的鞋子,在上海梅赛德斯奔驰文化中心"首秀",而 Porcelain Angels 青瓷佳丽系列中的中国元素,更是让坐在台下的中国观众津津乐道。一如既往的五彩缤纷,一如既往的眼花缭乱,但我还是长出了一口气,把心放下来了。还好,没有出现像 2016 年 11 月 30 日的巴黎"维密秀",刘雯大表姐一身大红大绿,火鸡似的降落在巴黎大皇宫的场景,"维密天使"艾尔莎·霍斯卡也没有"龙袍加身",披挂着满身的"中国元素"上台招摇。奇怪,外国人眼中的"中国色"似乎就是大红大绿,他们理解的"中国风",也似乎就是肆无忌惮地堆积红色。"中国红",他们美其名曰。他们不知道,中国几千年来积累了上百种颜色,其丰富复杂、细微细密,完全出乎他们的意料。我还想表达的是,也出乎我的意料。比如竹月,比如沙青,比如灯草灰、萱草黄、百草霜、铜绿、青莲、品绿等等,西方人能够想象出来,这都是一些什么颜色吗?他们肯定想象不了。就说竹月吧,是如竹一般的月色呢,还是如月一般的竹色?都不是,其实竹月形容的是一种身处竹林、月色清冽的感觉。它应该是一种淡淡的青,或是淡淡的白,不不不,也不是,它极有可能是一种介于青与白、白与绿之间的"中间色"。对了,就如月光照在身上,又清冽又柔和。

古人真能想得出啊，居然虚拟出这么一种难以描述的颜色。

听《中国美色》色卡设计者苏超先生的讲座，得知这些颜色均取自中国古代文物上出现的经典配色，有些颜色如百草霜，光看字面你根本无法判断它具体是一种什么颜色。按说这个"霜"字容易让你联想到白色吧？但事实上它是一种深灰色。为什么是深灰而不是霜白呢？"霜"字的表达到哪里去了？我们来听苏超先生怎么说。据苏先生言，百草霜最初出自《本草纲目》，想不到是吧？它是一味中草药，是从锅底刮下来的草木灰，像霜似的薄薄的一层，这下你该知道，它为什么要叫百草霜了。类似这样的颜色，古人那里还有很多。汪曾祺老先生曾在他的散文中，感叹中国颜色老僧灰传达出了无以言表的丰富内涵，其美感简直就无法言说！读到这一段文字，还是在我很小的时候，大概是刚上初中吧，我当即就怔住了，是那种被雷电击中的感觉。一位瘦小而清癯的僧人，出现在空寂的寺院中，太阳静静地照耀。老僧灰不仅是一种颜色，还是一种意象，一种境界，一种氛围的缭绕。噢，老僧灰，多么静谧，多么安详，多么美好。所以中国色彩远不止大红大绿，中国元素也远不止青花瓷、中国结、凤冠和龙袍。

可这些，老外们不知道。

红黄蓝三原色，是构成西方色彩理论的核心，而在中国古人的认知里，则有红黄青白黑五种颜色，古人称之为"五正色"。和西方不同，中国古人认为，黑和白才是这个世界上最丰富、最变幻无穷的颜色。同样是色彩理论,我们和西方最大的不同在于:西方人重逻辑,其色彩理论基于实验和细胞学说;中国人重体验,其色彩理论是通过感知、想象获得的。在中国古代,"五色"不仅代表五个方位,还是宇宙的五种基本元素,将人世间的一切概括。白色代表金,在东南西北四个方位中对应西,而金在中国古代象征着兵器和杀戮,所以西方主凶。这也是为什么在旧时乡村,村庄的西面大都是埋葬无主尸骸的乱坟岗,而官家的刑场也设在西方。黑色代表水,在四个方位中对应北,黑色在中国古代用"玄"字来表示,它最早的样子,是一个搓麻绳的动作。这太让我吃惊了,感觉我们的母语真的深不可测。号称"文化恐龙"的著名学者朱大可认为,汉字符码是古文化核心密码(代码)的奇妙结晶,简洁地描述了中国古人生活的自然场景、生活方式和事物逻辑,传递了古代文明的基本资讯。他甚至放言,汉字的发明,其价值和意义远远高于中国古代的"四大发明"。这一说法也把我吓住了,因为在我的知识谱系中,"四大发明"的地位不可动摇。但往深里想想,他所说的还真有一定的道理,中华文明数经山河破碎、江山易替而几千年绵延不绝,靠的是什么呢?可不可以理解为汉字不灭,民族不灭,汉字不绝,汉文化不绝?

　　现在我们仍然来说这个"玄"字。"玄"的本义是赤黑色,但是这种玄色看上去比较模糊,由此引申出了"深奥"。天空和悠远的含义,是它的进一步延伸,玄而又玄,那是如宇宙一般的辽阔。《诗经》所谓"载玄载黄,我朱孔阳",《九章》所谓"临沉湘之玄渊兮，遂自忍而沉流"，对，就是这种感觉。

也因此，在上古，玄是一种"正色"。据《礼记·玉藻》，男子"朝玄端，夕深衣"。玄端是中国古代一种玄色礼服，早晨在家服玄端，晚上在家服深衣，是华夏礼服制度"上衣下裳"的具体要求，天子、诸侯、士大夫都要严格遵守。深衣是古代一种衣和裳相连缀的服式，因"被体深邃"而得名，能够让身体深藏不露，典雅而雍容。在古人那里，衣和裳是分开的，上为衣，下为裳，那时还没出现"裤子"这个词。所谓"衣裳之制，玄端主之"，在祭祀的时候，在出席宴会的时候，上自天子，下及士夫，都要这样穿着。《论语·阳货》记载，孔子"恶紫之夺朱也，恶郑声之乱雅乐也，恶利口之覆邦家者"。我小时候读《论语》，觉得孔子他老人家毛病实在是多，这样七个不服，八个不忿，不是让人讨厌嘛。长大后才知道，这是他老人家讲政治，以他老人家的身份，当然首先是政治正确。也因为《论语》这一典故，人们把以邪乱正、以下犯上比作"以紫夺朱"，比如说历史上的王莽，名声就很不好。按照皇侃《论语义疏》的说法，古代传统认为，朱是代表南方的正色，而紫是所谓的间色，孔子怎么能够容忍间色侵夺正色呢？那不是"礼崩乐坏"了吗！

但紫色在西方代表尊贵，是皇室与贵族最钟爱的颜色。埃及艳后克利奥帕特拉七世对它就十分迷恋，她曾让手下把船帆、沙发、窗帘等等，统统染成了紫色。这也太夸张了吧，不是很奇怪吗？而在拜占庭帝国，统治者身穿紫色的长袍，用紫色的墨水签署法令，他们甚至将宫殿修建成紫色。王室出生的孩子有一个专门的称谓,叫作"紫生"(born in purple),以表明高贵的王室血统。

突然就想起了那一年,我和"媒婆"一起去"洒一特"看帅哥。那一趟花去我260元钱,那是我的全部积蓄,我妈妈要是知道,一定气疯了。但是她不可能知道,她自以为对我了如指掌,其实她什么都不知道。"洒一特"是当时我们这座省会城市里最负盛名的美容美发连锁店,理发师一律十七八岁,一律从沿海的开放城市回来,一律身着黑色小西服。真帅啊,简直帅呆了!"媒婆"说,260块钱算什么?这么多的帅哥!"媒婆"是我的初中同学,勉强也能算是闺密,因为姓梅,得了这么个很难听的外号。虽然高中进了不同的学校,但我们仍然腻在一起,比如说花光我的全部积蓄,来"洒一特"看帅哥。理发师的黑色小西服是那样高贵、高雅,一俯一仰,一举手一侧目,都美极了。我放肆地看着他们,当然是从镜子里,此后很多年,应该说在整个青春期,我都偏爱黑色。

那一年我14岁,脸上还是"婴儿肥",还没开始"抽条"。我们在"洒一特"受到很大的漠视,帅哥们几乎都不朝我们瞧。我很气愤,"媒婆"却说,怕什么?怕什么啊?我们也会长大的!"媒婆"最大的优点就是自信,自信她会长大,自信一切都会变好。我们穿着校服,背着书包,探头探脑地进了"洒一特"。而"洒一特"的帅哥们当我们是空气,他们飞蛾扑火一般地扑向那些成年女顾客。可他们身上的黑色小西服真的很漂亮,让我瞬间就爱上了黑色,并且从此认定它是世界上最美的颜色。妈妈说,孩子，妈妈像你这么大的时候也不喜欢穿大红，可妈妈现在老了。

这是什么话嘛，莫名其妙！

欧阳修《浣溪沙》有这样的描述："天碧罗衣拂地垂，美人初着更相宜。""天碧"又称"天水碧"，深藏在中国古代文化中的最难以想象的颜色，就这样出现了。

我妈妈说，孩子你要记住，如果你用汉语写作，你就要对中国的传统文化负责！

据说她在讲座中也喜欢说，一个中国作家，要对"两大传统"负责：一是《诗经》以来中国古典文学的大传统，二是五四以来新文化运动的小传统。所以，她加重语气说，有些书是一定要读的，回头我给你开个单子。

不知道是在哪本书里，我读到了这么一段：南唐后主李煜的后宫里，宫女们浸染出一种碧色丝帛，于夜间晾在庭院中。这些丝帛被"天露之水"浸润之后，颜色会慢慢变淡，呈现出一种柔和清雅如"天水"一般的淡绿色。那是南唐宫中极为短暂的静谧时光，南唐后主李煜的词风此时还很是"靡柔"，过着一种安逸而无所事事的生活。中国古代宫廷，尤其是六朝时期，技术发达，人们生活奢靡，贪图享乐。六朝京师遍布着宫殿，人口猛增到了28万户，"城厢方舟结驷，街市流溢，器用万端"，手工业和商业于长安、洛阳两京雄强天下，矿冶、炼钢、机械、造船、纺织、烧瓷等方面也都取得了很大的进步。冯梦龙《太平广记钞》记载，南朝刘宋时期，刘裕迁洛阳锦工于建康，设"斗场锦署"，专门从事锦缎生产，金陵织锦工艺由此发轫，到南唐时期已是盛况空前了。润州的方纹绫、水波绫，都是色泽清丽、技艺超拔，甚至南唐的每处官府里都设有作坊，民间更是机杼遍布。"升元初，许文武百僚观内藏，随意取金帛，尽重载而去"，看中了就可以随便拿走啊，能带多少就拿多少。朝廷对百官的赏赐也多是丝帛品。而在南唐后主李煜的词中，红罗绿锦之类的美词艳句更俯拾皆是："红锦地衣随步皱""绣床斜凭娇无那""淡淡衫儿薄薄罗"……他还突发奇想，于宫中以销金红罗当墙纸壁，以白银钉玳瑁来固定，每逢七夕夜，一定用上百匹红白罗缎铺陈出月宫天河。盛大的纺织业支撑起了后宫的奢靡，就是在这样的背景下，南唐宫人"染碧，夕露于中庭"，创造出"为露所染，其色特好"的天水碧，而这种若有若无、介于青和绿之间的染色，也由此成为一时风尚。

据说那一时期的建康染肆，多以"天水碧"为布幌，以招揽顾客。建康是六朝时期南京的名字，是当时世界上第一个人口超过百万的城市。这以后"天水碧"就常常出现在诗人的笔下，北宋晏殊有"夜雨染成天水碧"，南宋周密有"天水碧，染就一江秋色"，当然，著名的还有上引欧阳修的《浣溪沙》。欧阳修所生活的时代，有着良好的文化生态，对于欧阳修这样的文人来说，北宋中期不仅是文人入仕的黄金时代，也是建功立言的自由时代，更是自由辩论的理性时代，从某种意义上说，生活在这一时期的中国封建文人幸福感极高。

这是公元10世纪，赵宋已经立国47年了，经宋真宗的"咸平之治"，农业、手工业、商业蓬勃发展，国家告别了战乱、动荡和贫穷，逐渐进入经济繁荣期。这一时期的著名文人除欧阳修外，还有范仲淹、包拯、王安石等等。只有在宋人理性审美的历史语境下，天水碧才有可能成为一种时尚，一种风习，一种独具内涵的"中国色"。

　　对于中国古代的各个朝代，我最倾心的是宋朝。当然是北宋，远离了汉唐的豪迈、饱满、奔放和张狂，代之以平淡、典雅和沉静，北宋是更自信、更成熟、更内敛了。"谁见柴窑色？天青雨过时。"这也是欧阳修的诗句。柴窑号称中国历代"诸窑之冠"，是唯一以君主姓氏命名的瓷窑。后周的皇帝柴荣，在位期间整饬军队、裁汰冗弱、招抚流亡、减少赋税，使后周政治清明、百姓富庶，中原渐渐复苏。但柴窑久已失传，后世连窑址在哪里都不知道了。作为五大名窑之首，柴窑的失踪之谜，让历代史家和陶瓷专家苦苦追索而不得其解，最终只能归结为它与汝窑的关系。如宋欧阳修《归田录》："柴氏窑色如天，声如磬，世所稀有，得其碎片者，以金饰为器。北宋汝窑颇仿佛之……"明代屠隆《考槃馀事》也说："汝亦唐河南道所辖之州，柴窑即在其都内。"屠隆的这部小书，是一本笔记体清谈，"杂论文房清雅之事"，篇幅不长，但内容翔实，语言简约，文笔丰赡。"考槃"一词来自《诗经·卫风·考槃》，描述一个人在山涧中，在山冈上，在旷野里，"击器为乐"自歌自吟的状态。欧阳修和屠隆都是距五代最近的人，另外，佚名《南窑笔记》中也有这样的文字：

"周武德年间，宝库火，玻璃、玛瑙、诸金石烧结一处，因令作釉。其釉色青如天、明如镜、薄如纸、声如磬。其妙四，如造于汝州，瓷值千金。"也因此，当代大收藏家马未都先生有一次在《收藏大讲堂》上放言：将来柴窑一旦被发现，釉色肯定和汝窑相类似！

马未都的这个话，和欧阳修的"谁见柴窑色？天青雨过时，汝窑瓷较似"相一致。但"雨过天青"色，那究竟是一种什么样的颜色呢？我常常闭上眼睛，沉入一种冥想，然而我终究想象不出那该是一种什么样的颜色。无以诉说"雨过天青"的美，美到无以诉说。而据说烧制这种瓷器，一窑要消耗掉2000斤松柴，代价实在是太大了！因松木富含油脂，在燃烧的过程中持续挥发，烧制出来的釉面才能"青如天、明如镜、薄如纸、声如磬"，达到温润、淡雅、宁静、含蓄、柔和的效果。

我第一次见到这种"雨过天青"瓷，是在纪录片《台北故宫》的镜头里，那一刻我真是被惊到了，大脑一片空白，是窒息的感觉。那是一个小小的水盂，温润而安静，散发出如"天青"一般神秘的色泽。真美啊，真美，美得无法形容了。我也非常喜欢这部片子的主题曲："溪的美，鱼知道……风的柔，山知道……"听到这里，我特别特别想对那只天青水盂说："你的美，我知道。"解说词里说"这只水盂是汝瓷"，而汝瓷的釉中含有玛瑙，其主要成分是氧化硅，所以能呈现出一种纯净的天青色。

北宋时期中国的瓷器技术发展到很高的水平，后来日本、韩国等东亚国家都试图仿制这种名为"天青"的瓷器，但都因为技术方面的原因而实现不了。

那是中国瓷器登峰造极的时代，之前和之后，都没有出现过。元代的瓷器一改宋瓷典雅内敛的风格，胎骨厚重而外形硕大，显示了草原民族迥异于宋代皇室的审美，这种风格一直延续到了明初。

关于宋代文化，著名历史学家陈寅恪曾有过权威论述："华夏民族之文化，历数千载之演进，造极于赵宋之世。"因此，"宋代上承汉唐，下启明清，处于一个划时代的坐标点。两宋三百二十年中，物质文明和精神文明达到的高度，在中国整个封建社会历史时期内是座高峰，在世界古代史上亦占领先地位"。宋代独特而渊深的美学意识，是其文化土壤、文化精神所孕育出来的，它的形式、格调和趣味有别于唐代审美，是一种文化型美学。所以我们才说，宋代是中国封建社会最成熟的朝代，宋人更能按照自己的性情去感受生活、理解生活。华夏民族的精神质地是"诗性信仰"，而宋代将这个信仰变成了社会生活。这很重要，所以才能产生"天青"这样的颜色。这当然也与宋代皇帝的精神审美有关，当整个皇室具有优雅的气质时，全社会就都会向往一种"诗意的生活"。同济大学设计创意学博导邹其昌说："宋代美学是中国美学史上的重要时期和辉煌区段，有属于自己时代的审美理想、审美形态、审美话语、审美精神，彬蔚大备，郁郁乎文哉。""辉煌区段"，这一表述真好。南宋之后，帝王的审美品位渐渐庸俗化，尤其是清王室，对色彩的审美不是大红大绿，就是大金大紫，实在是不敢恭维了。2010年，一个乾隆时期的花瓶在伦敦拍出了4300万英镑，约合3.8亿元人民币。2018年8月，一个类似的乾隆时期的瓶子，在苏富比拍卖行一样拍出了天价。2018年拍卖的这只瓶子，通体明黄，辅以明蓝，珐琅彩，被认为是花纹设计最为复杂的瓷器，所谓的"富贵逼人"之气，但我实在是欣赏不了。拜金主义的社会氛围，崇尚纸醉金迷、珠光宝气，深陷种种欲望的泥淖。所以对宋瓷的平淡无奇，很多人欣赏不了。而相比较小时候，我现在对灰色似乎有了更加深刻的理解，灰比黑更隐蔽一些、内敛一些、朦胧一些、低调一些，更有过渡性，有退一步海阔天空的意思，是王菲那种慵懒的感觉。也喜欢林忆莲的《灰》："你已经走出了我/不再有/什么可以做……"因为运用鼻息的技巧处理，唱出了别样的深情与温和。

（原载于《红豆·发轫》2020年第9期，《散文·海外版》《散文选刊》《海外文摘》2020年第12期转载）

下扬州

听说下扬州正中我心头

打起包袱我就跟你走

一下扬州我再也不回头

——五河民歌《摘石榴》

五河民歌

第一次听说扬州,是因为五河民歌《摘石榴》。

我的家乡安徽怀远盛产石榴,"怀远的石榴砀山的梨,萧县的葡萄不吐皮",这在我们那里,是可以当唱唱的。这第一个

"唱"字是动词作名词用,"歌子"的意思,我很喜欢类似的表达,有一种俚俗的味道。但歌里的小姐姐,为什么挨了打就要下扬州呢?扬州是在什么地方啊?离我们这里远不远?这些我都不知道。

我更不知道的是,《摘石榴》讲的是一个私奔的故事,故事里的小姐姐趁着在南园里摘石榴,和小哥哥打情骂俏:

> 昨儿个天我为你挨了一顿打
> 今儿个天我为你又挨了一顿骂
> 挨打受骂都为你小冤家哟
> ……

我爸爸说不要在家里唱这个,对小孩子影响不好!

这当然是指我,我那时六七岁,刚上小学,不能理解我爸爸的气愤,更不理解他所说的"打情骂俏"。不过今天看来,《摘石榴》里的小哥哥和小姐姐,确实是在打情骂俏:

> 姐在南园摘(呀么)摘石榴
> 哪一个砍头鬼隔墙砸砖头
> 刚刚巧巧砸在了小奴家的头哟
> ……

这就是民歌吧,大胆、热烈、泼辣、直白,还有那么一点点轻佻。少男少女,阳光榴园,远处是奔腾的淮水,多么美好。

"小冤家"的说法十分普遍,《红楼梦》里的老祖宗贾母不是说贾宝玉和林黛玉是一对小冤家吗?"砍头鬼"的说法别处有没有,就不知道了。这是我们那里大人对顽劣孩童充满爱意的责骂,不过更多的是婚外关系中的女人对心爱的男人才用的称呼:"你个小砍头的!"说起来那叫一个咬牙切齿,又爱又恨呀,情绪复杂极了!我也有些奇怪,为什么不是"妹在园子里摘石榴",而是自称"姐"呢?难道那时就已经开始流行姐弟恋了?错!这里的姐,是今天"大姐大"的意思,豪横、仗义、大包大揽,这是淮河女儿的气魄!扭扭捏捏、羞羞答答、小鸟依人什么的,那是江南女子。淮河中游一段十年九涝,年年要出去"跑水反",一路上七灾八难,风吹雨淋的,得靠"姐"罩着!

所以南园里摘石榴的小姐姐,未必真比那个"小砍头的"小哥哥大,而是完全有可能比他小。怀远县和五河县都是在淮河边上,风俗民情接近,若是下扬州,走的也是同一条水道。"五河五条河,淮浍漴潼沱。"和怀远一样,淮河是五河县境内最大的河流,流经五河境内89.2公里,有沫河口、浉河口、栏桥沟、三冲沟、张家沟、黄家沟、五河口、潼河口等等多个入淮口。每逢汛期,五河交汇,水灾频发,十年九涝。所以"下扬州"不光是青年男女追求婚姻自由的情感选择,也是大水之年饥馑百姓的一条逃生之路。大荒之年的五河灾民,顺着"浍漴潼沱"诸水进入淮河以后,再顺流而下,从三江营入江,然后辗转再辗转,最终进入扬州。"宁往南走一千,不往北走一砖。"扬州乃膏腴繁华之地,在那儿总能混上一口吃喝。

《摘石榴》源于五河县的民歌之乡小溪镇小溪村，现在不知怎么样，据说过去村前屋后漫山遍野都是石榴树。青年男女在石榴园子里打枝、掐朵、除草、施肥，而劳动总是能够产生爱情，产生美好。小溪村地处淮河南岸，为沿淮冲积平原，东部和南部多低山，属丘陵地貌。历史上，小溪曾属凤阳和盱眙，是淮南淮北、皖北苏北的交界，所以小溪民歌旋律中有那么一点点侉腔侉调。关于五河民歌的文字记载，最早见于明朝天顺二年（1458年）所修《五河县志》，在"风俗"条中有这样的记载："除夕前二三日，小儿打腰鼓唱山歌来往各村，谓之迎年"，"民间插柳于门，断荤腥，茹素，小儿作泥龙昇之，作商羊舞而歌于村市"，"三月建辰……清明民间祭祀扫墓官祭历坛，请城隍出巡，百戏竞作，举国若狂，歌舞灯采三日而毕"。由此可知，五河民歌在明代，在题材、体裁、内容和形式上，都已经有了丰富的内涵，从那时起，五河民间灯歌、山歌就已遍及村市了。

　　21世纪初，文化部门曾对五河民歌做过一个普查，共搜集了70余首，劳动号子、秧歌和小调三大类，其中以小调类民歌最多，也最具地方特色。五河民歌以演唱和白口为主，兼有独唱、对唱、说唱等多种形式，比如《摘石榴》就是男女对唱。白口指戏曲中的说白，不同于京白和韵白的戏曲腔调，而是和我们日常说话差不多。1956年，受新社会新风气感染，小溪村老艺人霍锦堂，将当地一首流传了100多年的民间小调，改编成三人小戏《摘石榴》，由大嫂子、小姑子和后生子三人表演，在华东地区民间文艺会演中获得一等奖。但也有资料说，《摘石榴》是小溪街艺人霍孝九创作的，有可能是他将《摘石榴》由三人小戏简化成二人对唱，也未可知。总之，从20世纪50年代起，《摘石榴》在淮河中游地区就已广泛流传，前些年蚌埠籍著名歌手祖海还将它唱进了维也纳金色大厅。

在五河民歌中，很多都是表现男欢女爱的小调，如《四季探妹》《五更疼郎》等等，小波浪式的旋律线条、短短的拖腔，形成抒情性很强的曲调。有些惊诧于专家们关于"小波浪式的旋律线条"的描述，是因为淮河，因为淮水的流淌与荡漾，才有了"旋律线条"这样的表达吗？淮河全长1000公里，流经河南、湖北、安徽、江苏四省，其中430公里在安徽段，也是最奔腾跌荡、多灾多难的河段，塑造了淮河儿女热烈奔放、敢爱敢恨的区域人格。淮河最大的支流沙颖河，又称颖河，在五河县的沫河口注入淮河，而沫河口距离淮河最著名的关口正阳关，不过一步之遥。自古就有"七十二水归正阳"之说，若在汛期，淮颍两水洪峰相迭，无风三尺浪，在淮河上最是险要。其实归于正阳的又何止七十二水？这一带汇集的大小河流有160条之多。清人王肇奎《过正阳河》："立马过津口，教人唤渡船。舟轻浑似叶，水涨欲连天。老屋露檐脊，游鱼浮树颠。茫茫生百感，落日下苍烟。"淮河至此，来水众多，水势陡涨，浊浪滔天，水面辽阔。五河民歌中七度音程的大跳，在《送郎》《长谈》《十二月调情》等小调中不时出现，其热烈张扬、变幻莫测的旋律，形成了五河民歌柔中有刚、刚柔兼济的独特风格，也造就了淮河女儿"打起包袱我就跟你走，一下扬州我再也不回头"的大胆与决绝。

怀远石榴

五河在怀远的下游，虽然人人都知道《摘石榴》是五河民歌，但以石榴扬名于世的是怀远，而不是五河。

怀远在淮河北岸，涡水入淮口，古人的表述是"荆涂二山对峙，涡淮二水合流"。荆山和涂山都很有名，荆山出名是因为春秋时期楚国价值连城的"和氏璧"，涂山出名是因为大禹治水，于此"劈山导淮"，都是古老的中国典籍中闪闪发光的地名。

涂山上的禹王庙，在唐至清光绪十四年的1200多年间，一直是淮河流域最有影响的宫观，正确的叫法应该是禹王宫，而不是禹王庙。我上去过两次，它不像有些庙宇，金光闪闪，而是青砖灰瓦，比较简朴，也可以说比较简陋。好在踞高怀远，与万丈红尘隔绝，登殿后高台，可见荆涂对峙，涡淮交汇，淮河滚滚东去，一泻千里，尤其壮阔。庆祝大禹治水大功告成的惊蛰大会，俗称"涂山庙会"，在每年的农历三月二十八日举行，届时沿淮百姓十万余人敲锣打鼓，载歌载舞，从数十里甚至数百里外拥向涂山，参加这一盛典。有文献记载，唐代著名的政治家狄仁杰，在任江南巡抚时曾毁吴楚"淫祠"1700余座，但各地"禹庙巍然独存"，由此可知大禹在中国民众心目中的地位不可动摇。

怀远因年复一年的禹王庙会而享誉整个淮河流域，不过今天却是以盛产石榴而脍炙人口。

据《安徽大辞典》"怀远石榴"条："安徽著名特产，产于荆涂二山。汉时代已有种植……"然而汉代的这个资料我没有查到。真正见诸文字的是《禹王宫庙史》："唐天授三年，禹王宫道长李慎羽（又）从京城长安引进石榴，植于（涂山）象岭。"唐天授三年是公元692年，武则天登上大宝的第三年，年代也很久远了。据说禹王宫始建于汉高祖十二年，公元前195年，但无考。从汉代开始，涂山禹王宫历任道长不知凡几，唯有这位名叫李慎羽的道长，因为从长安引进石榴，把名字留下来了。

后来的怀远石榴集中种植于荆山的白乳泉，而不是古称"象岭"的涂山一带。前些年，县里组织专家普查和测量，发现在白乳泉下的老石榴园中，百年以上的古石榴树有577棵，其中200年以上的有400余棵，300年以上的有10余棵。小时候回老家，跟在我妈妈身后，到我亲外婆的坟上，途中要穿过这片石榴林子。我妈妈三四岁的时候，我亲外婆就去世了，先是葬在淮河的滩地上，后因屡遭大水浸漫，迁到了白乳泉后的山坡上。白乳泉背依荆山，面临淮河，东与涂山禹王庙隔河相望，泉侧有望淮楼，景色颇为壮阔：

片帆从天外飞来，劈开两岸青山，好趁长风冲巨浪
乱石自云中错落，酿得一瓯白乳，合邀明月饮高楼

都说这副楹联是苏东坡所撰，实际是以讹传讹。苏东坡似乎确曾带着他的儿子到过怀远的白乳泉，写有《上巳日与二子迨过游涂山荆山记所见》，诗中有"牛乳石池漫"之句，诗后自注：

"龟泉在荆山下,色白而甘。"但这个记载我在文献里也没有查到。因涡淮交汇,古代的很多大诗人都到过怀远,起码也是路过,所以此地历来文风昌郁,清代曾有"怀诗寿字定文章"的称誉,流传很广。

怀远石榴皮薄、粒大、味甘甜,单果重量平均500克以上,较大的甚至达1250克,百粒重、可食率和含糖量均很高。怀远最好的石榴当数玉石籽、玛瑙籽和大笨籽,籽粒晶莹,如珍珠玉石,肉肥核细,汁多味甘,口味醇厚。怀远地处北亚热带至暖温带的过渡带上,兼有南北方气候特点,属暖温带半湿润季风农业气候区,四季分明,雨量适中,土壤类型为麻石棕壤、麻石棕土和棕壤性麻石土,非常适宜石榴的生长。每年的农历五月,满山遍野的石榴花灼灼盛开,所谓"五月榴花红似火",真的如火一样。明嘉靖年间,时任巡按御史的河南上蔡人张惟恕,游怀远时有《九日登山》诗:"泉水细润玻璃碧,榴子新披玛瑙红。落日半山弦管发,百年此会信难逢。"听他的语气,似乎是第一次看到。到了清代,怀远石榴已是蜚声南北。清嘉庆年间《怀远县志》土产卷中载:"榴,邑中以此果为最,曹州贡榴所不及也。红花红实,白花白实,玉籽榴尤佳。"据说当时荆山、涂山、大洪山、平阿山一带,榴园遍布,面积在5000亩以上。

想来那一时期,五河民歌《摘石榴》在怀远地区就已经开始传唱。

我外公的家紧挨着淮河大堤,一走出院门,迎头就是一大片石榴林。我跟在我妈妈的身后,经过石榴树下,她说,别说话!

没听见石榴在开花吗？看，吓着它们了！我很生气，说，我没有说话！是你自己在说！

那是我小时候，傍晚，她带我翻过大堤，去淮河上的老渡口。老渡口名叫上洪或是下洪，都是淮河荆山峡一段的古渡，也是村名，据说都与大禹治水有关。澎湃的淮水流进荆涂大峡谷，突然受阻，洪峰在谷口和谷尾之间形成巨大的落差，于是以洪流进入的先后，渡口和村庄就得名上洪与下洪。我妈妈为什么要带我到那里去呢？她是要向我痛说革命家史。"文革"期间，她十二三岁时，常常在夜间渡过淮河，返回怀远县城。她说她每次穿过上洪村时，身后都追着一片狗吠声，一直跟到渡口。那时我外公作为"走资派"给关在了新马桥"五七干校"，我妈妈的奶奶，我的曾外祖母，带着我三四岁的五舅，住在涂山脚下的四队。我妈妈每个星期天都要步行十几里路去给他们挑水，要挑满满一缸，整整十担，当她返回县城时往往已是深夜，路过石榴园的时候，听见一朵一朵的石榴花，一朵一朵地开了。

我停下脚步，仔细听，没有听见石榴开花的声音，有很多虫子在叫，覆盖了暮色中的石榴树，火红的石榴花也暗下来了。不过真的美好，风是长风，从淮河上荡漾而过，晚霞火一样燃烧，把天边染红了。边上的荆山、河对岸的涂山，都浸染在含情脉脉的夕照中，我站在高高的淮河大堤上，有一种陶醉的感觉。

怀远现在是无可挽回地衰落了，但在河流是交通和文明大通道的古代，那可是繁华得不得了。再早不说，只说南宋时期，小朝廷偏安杭州，与金隔淮河对峙，宝祐五年（1257年），丞相贾似道上疏说"涡口上环荆山,下连淮岸,险要可据",要求在"荆山县"设置"怀远军"。折子递上去后,宋理宗赵昀御笔亲批"荆山为城,意在怀远"八个大字,意终将收复黄淮流域的大好河山。

然而此后,赵氏王朝不堪言,也不忍言了。

南北朝时期的荆山古城,沿荆山山势起伏以巨石砌筑,城墙基宽4米,东起白乳泉后山,西至凤凰池,城垛全长3.5千米,依崖跨涧,蜿蜒曲折,直到今天,城垛的残迹仍依稀可辨。南宋的荆山城,由首任怀远知军夏贵在荆山城旧基之上扩修加固而成,"自上洪循山之麓,迤逦而西,至老西门止,长十五里,皆截山腰筑之;其东面滨涡淮,长十三里,地皆洼下",临水七十二炮台绵延错峙。"高固荆阜,深阻涡淮",作为南宋的边关要塞,还是有险可据的。到了明清之际,因为涡淮二水交汇,怀远很快就抚平了元末的战争创伤,迅速发展成为一个水陆大码头,与南宋时期的萧条边关相比,又是一番景象。

顺河街

我爷爷的老屋坐落在涡河大堤下面,俗称"北门口"。他是很小的时候从徽州的横水、率水或是徽水乘竹筏进入青弋江,而后进入长江,再而后从洪泽湖进入淮河的。他从涡河口上了岸,来到怀远北门口,站下来四处看了看,看到一个竹木店,一个胖子捧着小小的紫砂壶站在店门口。他后来知道了,胖子姓廖,他随即就闻到了熟悉的气味，那是山里竹木的味道。他那时不过十一二岁，孤孤单单一个人，该有多么害怕、多么凄惶啊，好在姓廖的胖子收留了他，可以有口饭吃了。因为实诚、勤勉，又写得一手好字，他后来做了这家的倒插门女婿。他生前似乎从没和他的儿女们提起过这一段，我说的这些，还是从他邻居的口中知道的。

据说过去廖胖子的竹木店里全都是徽州学徒，徽州盛产竹木。

他为什么从不和自己的儿女提起自己的身世呢？是因为上门女婿的身份让他感到屈辱吗？

直到今天，如果你到怀远北门口去打听我爸爸，人家仍然会说是廖家的老二，而不会说是许家的老二，虽然除了我大姑仍然姓廖外，我爸爸的其他兄弟姐妹早已经全部姓许了。旧时徽州山多地少，人烟稠密，"七山一水一分田，一分道路加田园"，为了生存，人们蜂拥而出，求食于四方，徽谚所谓"前世不修，生在徽州，十三四岁，往外一丢"。我爷爷应该就是这么着，被他的家人"丢"出来的吧？他从此再没回过徽州。

他来到怀远北门口时，怀远还是一个水陆大码头。清朝末年，官府曾在涡口设立征税大关，凡中原至两江的船只进出，必经北门口外的涡河口。我小时候曾随我爷爷到过他工作的地方——怀远县国营竹木商店，商店货场的后门直通涡河，不断有堆满毛竹木材的船筏靠岸，趸船上搭着长长的跳板。都是从徽州大山里下来的竹木，经过了无数激流险滩。我妈妈说，她刚认识我爸爸时，我奶奶还在给货场扛毛竹，当时她已经60多岁了，还能扛着一大捆毛竹，一颤一颤地从跳板上大步流星地走下来。那是20世纪70年代初期，扛一天毛竹能挣1块钱，当天结算。第二天一大早，我奶奶就攥着这1块钱去涡河大坝上买私粮，大米9分钱1斤，1块钱买11斤，够全家吃几天。

不知为什么，我爸爸也从未和我说过这些。

怀远县城所处的涡淮交汇口，是八百里长淮一个天然良港，20世纪初，津浦铁路才刚开通不久，蚌埠还没来得及从一个小渔村彻底脱胎换骨。而怀远因水运发达，交通便利，商业繁荣，流动人口多，在淮河中游的地位远超蚌埠。当时沿涡河而建的东顺河街一带，商行林立，客商云集，名噪一时的娱乐欢场"东河滩"就在涡口上，翻过坝子就是北门口。东河滩上常有一些京剧、河南梆子、淮北花鼓戏、泗州拉魂腔等小戏班子演出，引得木偶、杂技、皮影、洋片、打彩、套圈、算命、看相、押宝，还有各种风味小吃、零食摊点蜂拥而至，热闹极了。民国后不久，怀远入关撤销，商业闹市逐渐从东顺河街向西顺河街转移，游乐场也由东河滩移至老西门外的西河滩，东顺河街再不复往日的繁嚣。

五河也有一条顺河街，沿淮的县城几乎都有一条顺河街，也都建在河堤下头。1894年，即光绪二十年《五河县志》："顺河街在东桥口，迤南，每日逢集。"农耕时代，乡村集市或三日一逢，或五日一逢，"每日逢集"，那该有多热闹。旧时"五河八景"，有一景叫"东沟渔唱"，浍水挟沱水在此入淮，潼澥水系也在此汇合。这里也是一个天然的渔港，最早是渔民上岸卖鱼卖虾，然后买米买面，买油买盐，自然形成了集市。到了清末，从淮水、浍水过来的不仅有渔船，还有很多商船，甚至小火轮也在这里停靠。粮食、木材、毛竹、柴草、日用百货，都在这里装卸，上船下船，运进运出，从早到晚。和怀远一样，木材和毛竹也是大宗，在那个时代，除了起梁架屋需要竹木外，很多生活日用品，暖瓶壳子、蒸馍箅子、打酒打油的端子、镂草的耙子、买菜的篮子、竹床子、竹椅子等等，也都是以竹子为原料。民国初年，受欧洲工业革命的影响，电力、机械进入两淮地区，五河水路四通八达，是皖东北主要的粮食集散地，所以迅速成为上海、广州、天津等外地资本进入的首选目标。面粉厂、榨油厂、米行、粮行多数集中在顺河街一带，陆路过来需从水路运出的粮食，也都要通过顺河街码头上船。也因此，五河民歌在淮河中下游两省十多个县市流传十分广泛，甚至连山东的有些县市也会唱《摘石榴》。一直到20世纪70年代，计划经济时期，顺河街仍是五河县城的主要商业街，建筑和民风都深受徽州和扬州的影响。房屋都是青砖、小瓦、重梁、挂柱，檐口瓦纹饰精美，风火墙砖雕别致，一如徽州的马头墙。当然也和怀远的东河滩、西河滩一样，常有戏班子在顺河街演出，不时传出街上谁谁谁家的女孩儿，偷偷跟着班子里的俊俏后生下了扬州的消息。

汴水流，泗水流

我读大三那年，第一次去了扬州。

应该是三月,当然是农历三月,细雨蒙蒙,花开似雾,柳漾如烟。"故人西辞黄鹤楼,烟花三月下扬州。"李白的千古绝唱,为扬州城做了全球最大的一幅广告。走的是沪陕高速,大约3个小时的车程,而旧时走水路,最快最快也要半个多月,有时甚至是一个月,还得是风平浪静的时候。"汴水流,泗水流,流到瓜洲古渡头。吴山点点愁。"从淮北地区往扬州去,一般都是沿汴水和泗水,当然,是说古时候。

古汴水流经我的出生地淮北市,再往下50公里,流经我妈妈的出生地宿州。说汴水,现在很多人不知道了,实际是隋唐大运河通济渠的一段,唐宋时期称汴河。1999年的春夏之交,淮北市濉溪县泗永公路柳孜段拓宽改造,当推土机推开土层时,泥土中精美的古瓷残片出现了。在随后的大规模考古挖掘中,发现了8艘唐代大型木质沉船和1000多件精美瓷器,古老的运河柳孜码头,穿越1400年历史烟云,露出神秘的微笑。

那时我早已离开淮北,但消息还是第一时间传过来了。经古建专家认定,这是一座宋代货运码头,更重要的是,这是我国大运河遗址的首次发掘。通济渠流经地点和流经路线一直是一个历史悬案,所以对于柳孜码头的发现,淮北人可兴奋了。中国的大运河有两个系统,一为京杭大运河,一为隋唐大运河。隋唐大运河全长约2700公里,包括永济渠、漕渠、通济渠、邗沟、江南河五段,沟通了海河、黄河、淮河、长江、钱塘江五大水系,是隋、唐、宋三代南北交通的大动脉。通济渠是隋唐大运河黄河连接淮河的一段,"渠广四十步,旁筑御道,并植杨柳"。通济渠出河南后，经安徽濉溪、宿州、灵璧、泗县，由江苏盱眙入淮河。由于历史上通济渠多次淤塞改道，加上黄河多次泛滥，沿线地貌变化很大，历史文献中关于通济渠的走向以及流经地，一直众说纷纭。柳孜大运河遗址的发掘，证实了通济渠的确切走向和流经地点，它也因此成为隋唐大运河上一个显著坐标。

柳孜又叫柳江口，位于今濉溪县城西南25公里处，自通济渠经由此处后，柳孜即成为运河岸边的商贸重镇，两岸因河而建的铁佛、柳孜、百善、三铺、四铺、五铺六个集镇，自隋唐兴盛至今，河上樯桅如林、舳舻相接，两岸人家密集，柳色如烟。清光绪《宿州志》记载，明代柳孜有"庙宇九十九座，井百眼"，而当地百姓口口相传，说是有"七十二口井，七十二座庙"。柳孜码头出土的大量瓷器，囊括了隋、唐、五代、宋、辽、金、西夏、元八个朝代的上百个窑口，美轮美奂，异彩纷呈。我国著名古瓷专家毛晓沪面对它们，连"看明清瓷到故宫，看高古瓷到淮北"这样的皇皇大言，都脱口而出了。

通济渠流经宿州段全长141.5公里，其中94.5公里河道遗址埋于地下，有47公里为有水河道。民间野史说，隋炀帝修建大运河是为了满足一己私欲，是为了"扬州一日看琼花"，但实际上他是为了结束南北朝分裂局面，完成隋朝的一统天下。当时的政治军事中心在北方，而经济文化中心却在南方，为了沟通南北，实现大一统，急需要一条交通大通道。开挖通济渠是在大业元年（605年），隋炀帝刚刚登上大宝，100多万民工在沿线同时展开，仅仅用了152天时间，够疯狂的了。不知有多少家庭、多少生命、多少血肉、多少白骨，被埋进了这条河道。但隋唐大运河是世界上开凿最早、航程最长、最雄伟的人工运河，它不仅成全了大唐盛世，还是隋、唐、宋三代王朝的命脉，有专家认为，其作用甚至超过了丝绸之路。

千秋功罪，又有谁能评说？

而且没有大运河，哪来的运河沿线的繁华城市？哪来的扬州、镇江、常州、无锡、苏州和杭州？

> 牵住你的手
> 相别在黄鹤楼
> 波涛万里长江水
> 送你下扬州
> 真情伴你走
> 春色为你留
> 二十四桥明月夜
> 牵挂在扬州

问题是"无运河，不扬州"，如果没有大运河，我家乡那"昨儿个天我为你挨了一顿打，今儿个天我为你又挨了一顿骂"的小姐姐，跟上那"砍头鬼"小哥哥，该往哪里走？

（原载于《美文》2023年第5期，《散文选刊》2023年第9期转载）

烛影红

庞大的岁月

A

我们于20世纪80年代出生,我们被集体命名为"80后"。

没有经受过战火与硝烟,没有经历过饥饿和动荡,经济高速增长,国家一天天富强,生活一天天富足。我们不会像我们的父辈那样,吃不饱饭,交不起学费,买不起书包。我们衣食无忧,应有尽有。

我们的父母是如此疼爱我们,我们的教育费,他们早早就存下来了。他们希望我们将来能够去美国或是英国读书,他们因此节衣缩食,向着这个目标努力。社会也给了我们更多的选择,成绩好可以考清华、北大，成绩不好可以读三本，实在不行了，还可以去学体育、音乐、美术。

谁都觉得我们幸福，尤其是我们的父母。

可我们很多人没有兄弟姐妹，我们的血亲只有我们的长辈。我们也没有朋友。朋友是可以交心的，但我们不会交心，我们习惯了以自我为中心的生活。我们从生下来就注定孤身一人，我们倍感孤独。

我们在城市中长大，上下有电梯，出行有汽车，穿行在钢筋水泥之间，走的是不见尘土的柏油马路。我们见识过名山大川的绮丽风光，却从没有真正和土地亲近；我们手上须臾不离的，有手机，有电脑，有 iPad（平板电脑），却几乎从没有捧过一本书。

我们在歌词里长大，歌词就是我们的文学。

我妈妈这样定义我。

我们从小学开始，一直到初中、高中，都在拼命学习，以便将来可以考上大学。我们考上大学之后就彻底放松，我们终于可以不读书了。我们激烈抨击应试教育，咒骂我们曾经经历过的一切，我们钟情于日本的漫画和港台的言情小说，我们鄙视名家和名著，我们更不屑去读什么《瓦尔登湖》。

随便推开一间大学寝室的门，都可以看见女生在照镜子化妆，男生在打《星舰迷航》或是《黑暗王朝》。有人拿家里给的学费去买手机和 iPad，有人拿它去喝酒 K 歌。女生热衷于逛女人街和 CBD（中央商务区），男生热衷于出入各种娱乐场所。我们的眼睛习惯于城市绚丽而浮华的夜空，却从不仰望星空。对于我妈妈所描述的，在有星星的夜晚，他们在淮河大堤上边走边唱，我一点没有感觉。

我们在疲惫中疲惫，与很多人、很多事擦肩而过。

B

"杜拉斯说，当你开始回忆时就意味着你已经老了，我才知道原来15岁的我，已经老了。"

在网上看到这句话的时候，是我23岁生日的前一晚，当时我并不知道这位15岁的"老人"，和另外一位"喝着咖啡，整夜整夜地睡不着觉"的神人一起，被当作青春期忧郁的典型病例，反复被人们剖析和嘲笑。

第二天早晨，我被厕所里哗哗的冲水声弄醒，蒙眬间看到电脑主机的显示灯闪着蓝光，原来昨天忘了关电脑。接着一位匿名的朋友就发来一封匿名的短信，祝我生日快乐。

今天是我的生日吗？我被这突如其来的日子吓住了。

那么早在我的睡梦之中，我就已经开始23岁了？

我比昨天又老了一岁，我不知道这值不值得祝贺。

不知道祝我生日快乐的那个人是谁，对他的自作多情，我甚至有些气恼。记得小时候，有一回爸爸把我锁在家里，自己跑出去打牌，我半夜醒来，看到家里黑洞洞的，就自己一个人在家，哇的一声哭起来了。我那时不是5岁就是6岁，我想我要是长大了就好了，要是长大了我就不会害怕，可我什么时候才能长大呢？

我拼命地哭喊着，把一栋楼的人都惊起来了。

此后我的童年一直处在惊吓之中，尤其是天黑下来的时候。

我的母亲很"负责任"地缺席了我的童年，她理直气壮地说："妈妈要工作！"

而她的工作，是"到处乱跑"。她热衷于下乡、下矿，一个人背着个包，说走就走了。那时淮北矿区的所有矿井，她都去采访过。她在大学里教书，她又不是记者，她采访什么呢？可她就是要去采访，背着一个破包。她拍纪录片后更是疯狂，几乎每个拍摄点她都要跟到。而她不是导演，不是摄像，她只是一个撰稿人。

在她的终年乱跑中，我一天天长大了。

那年夏天我大学毕业，在宿舍里整理东西的时候才意识到，自己已经长大成人了。但我是什么时候长大的呢？我有些恍惚。那一天在不知不觉中过去了。生命就是这么不知不觉，如同时间的流水，不知不觉中流过去，而我们在不知不觉中长大，在不知不觉中变老。我于是变得沮丧，好像把什么重要的东西弄丢了。我撑开在楼下小卖部花四块钱买的大蛇皮袋，在一地鸡毛的宿舍楼里，整理大学四年堆积下来的破烂，整整一个下午，神思恍惚。

管宿舍的阿姨大声催促："快点快点，马上要锁门了！"

我把桌上的东西呼啦一把扫到地上，拖着空瘪瘪的蛇皮袋下楼去了。

再见了，我的青春，我的大学！

临出门的时候，我看到地上有一封信，打开看看，是自己写的，写给我幼年时的一位好朋友，现在叫"闺密"了。信中我用华丽的辞藻，歌唱了美丽的爱情，以及青春的美好。这是我写的吗？我疑惑。我本想把它折起来，带回去，想了想，又把它扔到一边去了。不会有人看它的，也不会有人相信它，它连同我大学四年的种种生活、种种情感，很快就和地上的纸屑灰尘一起，变成一堆垃圾了。

而曾经，它们对于我是多么重要。

那一刻我强烈地意识到，我不是长大了，而是变老了。

走出校门的瞬间，看着一个女孩远远地对着我笑。她大声喊着我的名字，而我竟然把她的名字给忘了。她远远地笑着，远远地张开双臂，远远地冲过来，要和我拥抱。很快我们就拥抱在了一起，她在我的耳边说："打电话啊，打电话！"我说："好好好，好！"

她叫什么名字呢？我确实想不起来了。

学校比四年前更破了，因为门口在修路，进进出出的人们，无一不是灰头土脸。到处悬挂着"热烈庆贺2003级同学顺利毕业"的横幅，让我们知道，我们和这个地方，已经没有关系了。我突发奇想，拖着我的大蛇皮袋在学校里走了一圈。晚风习习，太阳就要落下去了。路过篮球场时，看见一个男生在打篮球，光着上身，露出一身肥膘。

我妈妈给我看《南方周末》，她说："看看，看看！看看你们，都成什么样子了！"

那是一组 20 世纪 70 年代高中生的照片，球场上有的在呐喊，有的在投篮，有的在奔跑。孩子们都高高瘦瘦、单单薄薄。我给她一个白眼，小声嘟囔说："我又不胖，你给我看什么？"

她严禁我喝可乐、吃肯德鸡和麦当劳。她愤愤地说："妈妈生了你以后也不到 100 斤，你看看你，你现在多重了？"

我在心里反驳：我 83 斤，在我们同学中是体重最轻的，可你自己呢？你现在是水桶腰。

操场上的男生仍在单调地运球、上篮，上篮、运球，太阳把他的影子长长地拖在地上，他一个人拼命地跳啊跳啊，突然停下了。

"嗨嗨，还健在呢！"他朝着我的方向笑。

他咧开的大嘴，以及满嘴的白牙，在晚霞里燃烧。

C

那是个沸腾的年代，那是个庞大的岁月。

那时候，王菲还不叫王菲，而是叫王靖雯，她的前夫、后夫和帅气小男友，都还不知藏身于哪个角落。那时芜湖最出名的还是傻子瓜子，以及它的主人年广九，而不是什么小燕子，更没有什么金锁。

那时候，苏联还不叫"前苏联"，南斯拉夫也还活着。那时美帝国主义远比现在神气，美元也远比现在坚挺。

那时候,马云是受尽白眼的资深"屌丝",马化腾正在研究传呼机,他们和全国人民一起,也都在摸着石头过河。

那时候我过生日,我幼儿园大班的小朋友,有的送一根火腿肠,有的送一支铅笔,有的送一块橡皮泥。那时候最贵的蛋糕才39元,要提前一个多星期才能订到。我爸爸大张旗鼓,为我们炒了一盘咖喱肉片,刚端上来一分钟就被我们抢光了。那时候的出租车不叫出租车,叫"面的"。我爸爸带我到合肥来看我妈妈,打了一辆黄色小面的,把我兴奋得一夜都没睡着。

后来,后来一切都风起云涌、风驰电掣,一切都融入那个庞大的岁月。

(原载于《大家》2019年第4期,《散文海外版》2019年第11期转载)

客从何处来

许村古称"富资里",这在今天,还依稀可窥见端倪。街景虽是萧条的,且我们到达时已近黄昏,但短短几百米的一条街上,光是金店就有好几家。临街有些破败的老房子,斑驳的砖墙上写着大大的"拆"字,用触目的红笔圈起,仿佛最后的判决。到处可见禁止赌博的标语,在打工人群未归的早秋时节,略略显得有些寂寞。

金店的霓虹灯,一点一点亮起来了。

在皖南绵延数百里的徽派山水里,这是一个不起眼的小镇,可在我心里,却一直暖着。在旅游业大热的今天,皖南至江西婺源一线有"小川藏线"之称,有山有水,有景有物,处处桃源洞天,曲径通幽。可许村这个地方,虽然也隐于这片青山之中,却似乎离这一切还很遥远。不仅老房子都不曾"穿靴戴帽",重新加盖马头墙,就连新建筑也与一般新农村建设中西合璧的"小洋楼"不一样,只是拼命地往高里盖,似乎要以此向山外表明自己并不落伍。

"最高的有七层。"程大姐告诉我的时候,眼里隐隐有得意之色。她说这话的时候,夕阳正淡定地洒在乡间小路上,将一切堂皇和破败倾覆。

是水泥路,路两边有没膝的蒿草。

一路走过来,沿途只看到寥寥几个老人和孩童,穿着从城市买回来的鲜艳的衣服。孩子身后的小书包上,有喜羊羊与灰太狼的商标。乡村正在城镇化,从这里,或可窥见村庄的凋敝和进步。

程大姐是我在镇上闲逛时遇到的,她见我脖子上挂着相机,便很热心地要带我去看老桥。皖南水多,桥便多,木桥、石桥、拱桥、板桥……数不胜数。据说许村有二十二座古桥,像"和睦桥"这样有名的桥,大抵在县志中曾反复出现过。不过关于和睦桥,程大姐告诉我的是一个流传于民间的故事,说的是旧时许村一对兄弟阋墙,被乡里所耻笑,有一日兄弟二人重逢于这座桥上,捐弃前嫌,终于携手重振家业,如何如何。

都是一些老故事,配得上这样的老桥。

夕阳正在快速坠落,老桥斑驳的石缝里长满了蒿草。

许村,许村,你是我的家园吗?

许村的大家族当然都姓许,历史上出名的人物有光绪年间的大茶商许畅芝,还有"少年谓子气横秋,壮已边城汗漫游"的南宋名臣许月卿,在有关许村的方志中,他们是家族的骄傲。当然,这两个人程大姐都不知道,她是跟着父亲从江的上游下来的,在这里嫁了人,就定居下来了。我想她即便是许村的老户,也未必知道这两个人,她一个家庭妇女,上有公婆,下有儿女,中间还有丈夫要侍候,她要知道这些干什么?

所以她对我问的一些问题,感到很惊奇。

她也从未听说过我的职业,她问:"编辑是干什么的?"我说是编书的,我没有说编杂志,那样就更说不清了。她很高兴,要了我的笔,留了地址给我。她很关心她说的话能不能出现在书里,她说:"小妹妹,你的书印出来了,一定要寄一本给我噢!"

我说一定一定!不会忘的不会忘的!

回来后我寄了一本我们的刊物,在里面夹了几张打印出来的与她的合影。照片上,老桥拱起的桥洞里,夕阳正在坠落,桥身上有纷披的蒿草。

在落款一栏,我填上了"外乡人"三个字,但对于许村来说,我是外乡人吗?

不知道这本杂志她收到了没有。此后我们再没通过音信,毕竟对于许村,我们都是匆匆过客。

有的人是没有故乡的,而有的人的故乡则不止一处。

我的出生地是皖北的煤城淮北,在很长很长一段时期,我都把她认作我的故乡,想起她时,我会很安心。

淮北是一座新城，东西向依山而建，从最东头的东岗楼到最西头的电厂也不过两三里路。我小的时候，我妈妈带我"上街"，一般是步行，长长的淮海路上，法国梧桐斑斓的阔叶上，阳光如童话一般跳跃。30多年过去了，我至今记得，深秋的淮海路上铺满了金子一般的落叶，给人一种非常华丽的感觉。那时我多大呢？3岁还是4岁？反正是在上幼儿园之后，反正我妈妈已经从武汉读书回来了。她说，梧桐，法国梧桐，你金子般的落叶，多么奢华，多么美好。她类似的表达，一路上会有很多。而在上幼儿园之前，我居无定所，有时在怀远老家，跟着我爷爷奶奶，有时又回到淮北，跟着一位我称呼"韩奶奶"的老奶奶，我爸爸早晨把我送去她家，晚上下了班再去接我。韩奶奶很疼我，我到了上幼儿园的年龄，她仍然不想让我走。我上了幼儿园之后，她有时会站在幼儿园的铁栅栏外面，一动不动地看着我。我跑到栅栏边，大声喊，韩奶奶！韩奶奶！她就笑了，笑过之后，还会抹眼泪。

我妈妈说，韩奶奶30多岁就守了寡，一辈子过得很苦。我不怎么相信，她儿子是我妈妈大学里的书记，我虽然小，这个我也知道，但我妈妈为什么要说她一辈子过得很苦呢？有一次我看见，她和我妈妈说她年轻时候的事，说着说着，两个人就一起哭起来了。

妈妈是想起她死去的母亲，想起她小时候的事情了吗？

韩奶奶讲一口淮北话，侉侉的、绵绵的，有着泥土的温热。这也是我最先接触的语音和语调。之后这几十年间，淮北话都让我感到亲切，我想，这就是我的乡音了。

有一个时期，我住在怀远。

那时候我祖父母的家在怀远县城关镇的北门一带，人称"北门口廖家"，由此可知，这曾是一个不小的门户。但早在几十年前，我父亲出生的时候，廖家就已经衰落了。是自家建的房子，砖墙瓦顶，三间堂屋，一间厢房，采光不好，常年黑黢黢的。家里没有卫生间，上厕所要到巷子外头的公共厕所去，要走很长很长的路。

历史上怀远是个码头，在涡淮二水之间。祖父母的家就在码头下面，紧挨着涡河大堤，我们叫作"大坝子"。这里常年湿漉漉的，尤其是在雨季，好些天不能出去，我就搬一张小板凳坐在家门口。屋檐上落下来的水垂成一张雨帘，我目不转睛地看着，一坐就是好几个钟头。好不容易放了晴，巷子里到处是一汪一汪的积水，就有人在路中间垫上几块砖头。我三妈挎着攒了好些天的满满一篮脏衣服，上面压着一根棒槌，快速地踏过砖头，到河边去洗衣服。我穿着堂姐穿小了的大背心和大裤衩，一步一跳地跟在她的身后。

我三妈是我三大的老婆，似乎应该称作"三婶"，但我们家不这么称呼。我们家都是称"三妈""四妈"，"三大""四大"。在怀远，在我们家，"大大"是对父亲兄弟的称呼。

涡河水在高高的坝子外面流淌，巷子里有穿堂风呼呼刮过，风里有初夏的青草香，还有阳光在树叶上闪烁。我穿着洗得如皮肤一般细腻的旧背心,几步就跨上了涡河岸踏脚的大石头。我穿着鞋就直接跳到河里,引起一群洗衣妇女的尖叫。我三妈熟练地把一件件脏衣服使劲甩出去,涮上一涮,然后再唰的一声铺在大石头上,举起棒槌,啪啪啪啪地用力捶打着。许多的捶打声交织在一起,此起彼伏。

这就是古诗里的"万户捣衣声"吧。

当然,那时我还不知道这些,我急急寻一块石头坐下来,把双脚伸进水里,让河水流过我的脚。经河水常年冲刷的石头,鹅卵一般圆润,随便一块都拥有古董一般美丽的色泽。它们有带星星的,有带花纹的。最美的是一种红石头,是半透明的橙红色。这不常见,就如宝石一样珍贵,我偶尔摸着一块,就会把手举得高高的。我透过阳光去看,看它在阳光下染上一道金边,它晶莹的身体里面有一串小小的气泡,好看极了。

我兴奋地站起来,举着向三妈炫耀,裤子却重重地向下一坠,褪到脚脖子上,原来已经被河水灌满了。

我三妈把我的大裤衩扒下来,就手搓了两把,顺势在我屁股上打一巴掌,声音响极了。我光着屁股跑回家,见到我奶奶,咧开大嘴就哭。她立刻拉着我,带我去买好吃的,我一边哭一边在心里暗笑。巷口的小卖铺,那时还是一扇一扇的门板门,开门了,门板就一张一张地靠在墙边,多年以后我知道了,"开张"二字即来源于此。每一块门板的上面都有门对子的痕迹,破旧而斑驳。门对子是过年的时候贴上去的,这时都褪去了颜色。我奶奶把我举起来,我费力但快速地爬上柜台,仔细端详柜台上放着的一排大玻璃罐子。那里面可是我的珍宝——又圆又绿的西瓜糖，五颜六色的泡泡糖，还有一粒一粒的"糖豆子"，我的口水要流下来了。店老板不慌不忙，一点一点旋开罐子，拿出一颗橘子糖给我。橘子糖用透明的玻璃纸包着，一瓣一瓣地拼成一个橘子，外面涂着一层白沙沙的糖末。橘子糖纸也是半透明的橙红色，举起来透过阳光去看，如一块色泽晶莹的红宝石。

这个小铺子里，时刻都散发出一股醋和酱混合的味道。有时候，我和奶奶一起去打散酒，即便是空桶，我也小心翼翼地抱着。铺子里装散酒的大酒缸有半人多高，一半埋在地下，坛口用一个裹着红布的大木塞塞得严严实实。我紧张地看着老板，塞子拔开来了，立刻有一股酒香冲出。我大大地打了一个喷嚏，环顾一下这间小铺，无比快乐。老板把酒漏斗插到我们带来的塑料桶上，拿出酒提子，从酒坛子里快速地往外提酒，一提、两提、三提……很快我就不看了，我的视线转移到了柜台上的那一排罐子上，等待奶奶来满足我。

我爷爷一生唯一的乐趣，就是喝上两杯，也没什么下酒菜，有时是一把炒花生，有时就空口喝。他70多岁了还在厂里上班，傍晚下班回来，第一件事就是脱下身上的中山装，抖干净，挂好。如果是夏天，则是挺括的的确良短袖衫，也是抖干净，挂好。

晚饭前有一段空闲时光，我爷爷一个人坐在天井里，摆开一张小方桌，喝他的"两盅小酒"。这似乎是他一天中最为享受的时刻，但不知为什么，我觉得他一个人坐在那里喝酒的样子，有些孤独。他面前一个破旧的搪瓷小碟里有一块卤鸡肝，或是几个带壳的炒花生，也是孤零零的样子。

这两样东西对我都没有什么吸引力，所以我在等，等我的堂哥、堂姐，等他们随便哪一个放学回来，带我去"搅糖稀"。穿过曲里拐弯的小巷，进到一户人家，递给女主人两分钱，她就会把豁边破碗上盖着的玻璃掀开，把两根竹签伸进去，搅一搅，把一团酱色的麦芽糖递给我。

这户人家的屋子永远是暗无天日，木板搭的床，褥子下铺着稻草。床上面常年躺着一个卧病的男人，是女主人的父亲呢，还是她的丈夫呢？我不知道。但这户人家的窘迫，连小小年纪的我都能感受得到。她家的屋顶破了一个洞，晴天的时候有阳光洒进来，雨天的时候我们就绕着走。

现在，现在我终于走出了那间阴暗潮湿的小屋，我举着两根竹签，熟练地一拉、一绕、一搅，把糖稀拧成一股麻花，然后，循环往复。

这就叫"搅糖稀"，是我的怀远老家，带给我童年的最大快乐。

走在夕阳西下的北门口，麦芽糖的颜色渐渐变淡，从酱色到金黄，再从灿烂的金黄，变成瓷一般的乳白色。夕阳把我的影子拉得很长，影子跟在我的身后，一起从生满青苔的土墙边走过。脚下是坑坑洼洼的青砖路面，青砖上斑斑驳驳。

我大了，上了小学以后，就只有在寒暑假才能回去看我爷爷奶奶。那时的"北门口廖家"已经盖起了大房子，是上下两层小楼，平滑光亮的水泥地面，有独立的厨房和厕所。知道我回去，爷爷老早就站在家门口迎我，老远就向我招手。没等我走近，他就说："来来来！我给你看一样东西。"然后牵着我的手，走进一楼的卧室，从五斗橱里拿出来一个饼干桶。我看着他费劲地把生了绿锈的桶盖打开，小心翼翼地拿出一沓明信片，说："你看看，看看，这是什么？"

是我寄给他的明信片，上面写着：爷爷奶奶新年快乐！

我每年都寄，每年都写一样的话，我自己已经忘了，爷爷奶奶还当宝贝一样收着。我仔细翻看着它们，像是看到了我的童年，在"收信人姓名"一栏，我用很大很笨拙的字体写着"廖锦英收"。

廖锦英是我奶奶，生在怀远城关有名的"北门口廖家"。

我奶奶的父亲，我的曾外祖父，新中国成立前在怀远城关北门口开了一家很大的竹木店，经营毛竹和木材，外号"廖胖子"。他没有儿子，只有两个女儿，廖锦英是老大。

倒退几十年，我爷爷是廖家竹木店里的一个小伙计，聪明伶俐，长得也很齐整。我爸爸说，我爷爷一生唯一的爱好就是喝酒。其实这不准确，我妈妈就说过，我爷爷写一手好字，打一手好算盘，还有一个本事，就是能唱全本《西厢记》，而且会吹笛子，会拉二胡。

我爷爷会唱戏？这个事我怎么从没听说过？而且这和我爷爷

的样子也完全不搭，我印象中的爷爷，就是一个整日忙碌的"小老头"。

"公家小老头"，这是我给他取的外号。因为他每天都要上班，吃的是"公家饭"，我就发明了一个称呼，叫他"公家小老头"。

他非常中意这个称呼，有时他下班回来迟了，我就在院子里大声喊："公家小老头呢？公家小老头怎么还不回来？公家小老头干什么去了！"

如果碰巧这时公家小老头回来了，我就高兴地嘿嘿嘿地笑。他一本正经的中山装上布满了尘土，短短的一茬头发全白了。

这样的一位老人，会唱《西厢记》吗？我很怀疑妈妈这话。

长大以后，我在一篇文章里看到，旧社会的学徒没有什么娱乐，手散的会去喝酒赌钱，更多的是和几个同好组成一个小小的娱乐班子，吹拉弹唱，消磨时光。所以旧时的学徒伙计大都会一两样乐器，聪慧如爷爷，会唱整本《西厢记》，也就不奇怪了。

《西厢记》里有几句唱词："北雁南飞。晓来谁染霜林醉？总是离人泪。"这几句漂泊的唱词，想必爷爷也唱过。

爷爷不是怀远人，廖家竹木店里的伙计，几乎全都来自徽州。

明代著名的戏曲家、文学家汤显祖，曾以"一生痴绝处，无梦到徽州"的名句，表达他在从商和入仕之间的挣扎。为何"无梦到徽州"呢？是因为徽州的生活，实在是太艰难了。一句流传甚广的徽谚，是当时徽州现实的写照："前世不修，生在徽州；

十三四岁,往外一丢。"徽州男儿十三四岁就要出门学生意去了。徽州虽有山水之色,但无田土之利,怎么养活自己呢?唯有"仕与商"。所以皖南多士子,也多商人,一般人家的子弟,学生意的多。

爷爷就是很小的时候出来学生意的。皖南盛产竹木,有个专门的营生是放排。把一个一个竹排,像赶鸭子一样,从新安江"赶"出来,或是"赶"进长江,或是"赶"进淮河,然后,散向两岸广阔的乡野。

进淮河的竹排,要先过八百里巢湖。

我爷爷应该就是乘着竹排,从徽州的大山里,漂流到了廖家的竹木店。廖家的竹木店里有很多小伙计,都是十三四岁的年纪。但廖家没有儿子,这让廖胖子很不开心。廖胖子端着一把紫砂壶,站在门边看,看哪个小伙计能做他的上门女婿。最终廖胖子看中了我爷爷,一个许姓小伙计,或是因他老实,或是因他勤勉,但总之,不大会因为他能唱全本《西厢记》。

廖胖子是一个精明的生意人,他看人的眼光很准。

他的大女儿廖锦英,是一个话不多的瘦削女子,一点儿也不像他。她一生都沉默寡言,走进走出,几乎没有声息。她为自己的丈夫生育了七个子女,我爸爸在家中行四,上头有一个哥哥、两个姐姐。我大姑生下来后,取名廖银河,是随了外祖父的姓。

大了以后,我曾不止一次揣测,我大伯和我爸爸他们应该也曾经姓过廖,毕竟廖胖子看重的是男丁。但随着廖胖子的过世,他们又都把姓氏改回了许姓。

我爷爷一定很在意他上门女婿的身份，他一定很想让人们知道，他们这户人家姓许。但"北门口廖家"仍然是人们对这户人家的称谓，从几十年前流传至今。

廖胖子的小女儿，嫁给了怀远城关一户张姓人家，不久就病逝了，留下一个儿子，三四岁的样子。她的张姓丈夫后来独自去了哈尔滨，续了弦，又生了一男一女。但他们一家四口，在1985年8月18日的太阳岛沉船事件中，全部遇难了，张氏留下的唯一一个孩子，就是我三叔，我们称作"三大"的人。

我三叔虽然姓张，但入了我们许家兄弟的大排行，排在我父亲之后，是男丁中的"老三"。而我父亲行二，在北门口人称"二犟"，从这个外号你就能知道，他为人有多么不随和。我三叔后来也是在我们家娶妻生子，一生都称呼我奶奶"娘"。

怀远在两水之间，一水为涡，一水为淮。

淮河是一条古老的河流，自大禹治水时便赫赫有名。它从码头经过时，声势比涡河要大得多，它波澜壮阔，一丝丝风就会激起层层波浪。

梅雨季过后，天气一天天地热起来了。

怀远虽是一座小县城，但在以河流为大通道的年代，非常热闹和繁华。除了水利之便，它还出产一种石榴，荆、涂二山瘠薄的夹沙土，非常适宜这种来自西域的植物生长。到了每年的五六月份，空气中富含的水汽渐渐被升腾起来的热浪蒸干，石榴叶就浓绿得仿佛要滴落下来，淮水榴花，红艳似火。

这是孩子们最快乐的时候。我们以"坝上"和"坝下"区分县城的地理位置，坝子上宽阔，小孩子们喜欢在大坝子上疯跑。迎面吹过来的风，带来一阵阵石榴花的香味。我堂哥找了一个小池塘，带着我们一帮弟弟妹妹下塘摸螺蛳。当然，我们是不会让大人知道的，大人知道了，会惩罚那个领头的孩子。但河边长大的孩子没有不会水的，譬如我父亲，还有他的七个兄弟姐妹，个个都是游泳的好手。不过他们不叫游泳，他们叫"洗澡"。他们说，走，到河里洗澡去！于是一哄而上，拥向涡河或是淮河。

他们中的任何一个人，都能在涡河或是淮河里轻松地游几个来回。我最小的姑姑，在十二三岁时就能孤身横渡淮河。

为了"一瓶罐头"，我妈妈嘲讽说："你爸爸为了一瓶水果罐头，在淮河里游了三个来回。"

不知道是哪一年，也不知道是一个什么性质的比赛，横渡淮河一次，可以领取一瓶水果罐头。我爸爸为了多得一瓶，就擅自多游了几个来回，得没得到额外的罐头，具体我妈妈没有说。

我妈妈总是喜欢在这些事情上取笑我爸爸。虽然在那个年代，她的任县委书记的父亲早已被打倒，但瘦死的骆驼比马大，我外婆仍然十分看不上我爸爸，看不上我们家。她闹，拼命闹，要把他们闹散，所以我爸爸和我妈妈谈了 11 年恋爱，最后才结婚了。

新中国成立后公私合营，廖家的竹木店就归了"公家"，一起归了"公家"的，还有我爷爷。我最小的叔叔小名"合营"，就是为了纪念这一重大事件。在漫长的岁月里，他拿着一个月三十六元的工资,养活一家十口。得国营竹木公司的便利,我奶奶在码头上给来往的船只卸货,一天能挣 1 块钱,当日结算。第二天一大早,她攥着这 1 块钱,到涡河大坝子上去买私粮,9 分钱 1 斤的大米,够买 11 斤。那是一段手停口停的日子,哪一天没有活干,哪一天就没有米吃。

我无数次地想象我奶奶在码头上卸货的样子,想象她瘦小的身体,如何扛起一大捆毛竹,从长长的跳板上走过。我小的时候,她常牵着我的手到各处去走,或是把我抱到柜台上,看五颜六色的糖果。在我的记忆中,她瘦而且高,走路很快,做事麻利。

很久以后,我看到她的一张照片,才惊觉她十分矮小。

那是我刚出生的时候,她来到我们家,照顾我母亲坐月子,和我爸爸的合影。照片里他们母子站在一起,她只到我爸爸的胸口高。

那是一张黑白照片,三月的淮北,还有料峭的春寒,照片上的她戴着一顶毛线帽子。她的毛线帽子是棕色的,这我知道。在我的记忆里,她一直戴着这顶帽子。她一定也有不同的帽子,或是戴其他帽子的时候,但当我想起她时,她一定是戴着这顶棕色帽子的样子。帽子上有一朵俏皮的小花,镶一圈白色的毛线花边,缝在帽子的一侧。我觉得这一点俏皮和我奶奶很不搭调,但如同我爷爷会唱全本《西厢记》一样,在艰窘的生活下面,他们的心里还是有一点亮色。

除了我奶奶帽子上的小花，让我惊讶的还有我爷爷破旧的中山装里面一个崭新的假领子。我小时候看到它，觉得很好奇，没有前襟，没有后背，两条布带穿过腋下，将领子固定在脖子上。公家小老头下班回来，破旧的中山装上竖着熨得挺括的假领子，看上去和这个家庭的其他人很不一样。

到我大了一点，家里不再靠我爷爷的工资过活了，我的叔叔姑姑们也都陆续工作并且成家。但我奶奶还是自己霉酱豆子，把干瘪无肉的螃蟹斩成四大块，炖萝卜。码头上这种螃蟹没人要，几毛钱就买一大篓。但是这样烧出来的螃蟹真的很好吃，我妈妈的形容是：鲜得掉眉毛！

当我爷爷端起杯子，喝他的"两盅小酒"时，我奶奶就在旁边淘米做饭，斩螃蟹炖萝卜条。

她喊我爷爷"小老头"。她是个话不多的人，我爷爷则是不多话。他们俩在一起的时候，大部分时间是沉默。少年夫妻，相守到老，没有那么多的话要说，但他们很恩爱，看他们的眼神就知道。

我没有听过我奶奶喊我爷爷的名字。我有时候会想，年轻时的廖锦英，是个什么样子呢？少女时代的她，是不是也在河岸边唱过《摘石榴》？

  姐在南园摘（呀么）摘石榴
  哪一个砍头鬼隔墙砸砖头
  刚刚巧巧砸在了小奴家的头哟

要吃石榴你拿两个去

要想谈心你跟我上高楼

何必隔墙砸我一砖头哟

呀儿哟　呀儿哟

依嘚依嘚呀儿哟

你何必隔墙砸我一砖头哟

石榴花开得正好，月上柳梢，河面渐渐被水汽所笼罩。《摘石榴》是广泛流传于淮河中游的民歌，热烈、大胆，有着欢快的曲调。而"夜听琴勾起了女儿的心事，晓窗寒，神思倦"也是一首情歌，这是《西厢记》里的唱词。

我爷爷先我奶奶八个月过世，发丧的时候，我奶奶已经得了阿尔茨海默病，糊涂了。她操起一根竹竿，一竿子打过去，把跪着守灵的我爸爸和我的叔叔姑姑们，打得捂着头就跑。她也不认识我了，虽然我是她最疼爱的孙辈，她抓住我的手问："毛姗呢？毛姗呢？"脸上是焦急的神色。

有时候她还会突然发问："小老头呢？小老头到哪里去了？"

现在，我有了自己的孩子。

在他周岁的时候，我带他回了一趟我的老家。难得人齐，堂哥、堂姐做东，请所有的弟弟妹妹吃饭，坐了满满一大桌子，各自的怀里都抱着第四代。很快，孩子们也能凑成一桌。我堂姐——我三叔的女儿，抱着她的儿子坐在我旁边，这是我第一次看到他，一下子就想起了我三叔。

我也有好久好久，没见过我三妈了。

我三叔去世好多年了，是兄弟姐妹里唯一走了的。我大伯80多岁了，我小姑姑也60多岁了，他们都很健康，生活得很好。

我爸爸这些年也越来越爱回老家了，喜欢和老兄弟几个聚一聚，喝两杯小酒。酒桌上他问我大伯："大哥，人家说我爸是外乡人，知道是从哪里来的吗？"

我大伯说："不知道。"

然后他们就沉默，沉默地坐着，沉默地喝酒。老兄弟几个也越来越相像了，身上都有了他们父亲的影子。他们端起酒杯的样子，让我想起幼年时的无数个黄昏，我爷爷坐在堂屋的一张小方桌前，喝他的二两小酒。他面前的小碟子里有一个卤鸡肝，或是一把带壳的炒花生，他喝得很慢很慢，二两酒要喝一个多钟头。

他会想起自己的少年时代吗？想起他如何跟着竹排，来到怀远城关的北门口？

我爷爷这一生，都没有提过他的故乡。

是不愿意提呢，还是已经忘记了？他的后代都不知道他是从哪里来的，他们年轻时也似乎从没有问起过。我爷爷邻居家的儿子在上海工作，爱好文学。我们互加了微信，他在微信上和我说："你们家是徽州人，廖家的竹木店里，都是徽州学徒。"

我爷爷名春涛，字少波，三十以后以字行，许少波是他户口本上的名字。他来自古徽州一个许姓聚族而居的小山村，具体是哪一个村子，就不知道了。

他出生的地方，应该有一条河。他长到十三四岁，要自己养活自己了，他就乘竹排顺流而下，到山外去寻找出路。最后，载着他的竹排停在了涡淮交汇处的怀远县，他上了岸，来到了北门口。

（原载于《红豆·发轫》2020年第9期，《散文海外版》2020年第12期、《散文选刊》2020年第12期、《海外文摘》2020年第12期转载）

那一年你到我家

那一年是哪一年呢？好像是刚上初一吧，那时候我们家还住在图书馆后面的小平房里，我每天穿过包河，到省委对面的四十二中去上学。

初中的日子很无聊，白天面对老师的训斥，晚上面对写不完的作业。突然有一天，门外伸进来一张黑白相间的脸。那是我和贝贝的第一次相遇，我立即放下笔，跑出门去，把它抱起来。

贝贝是一只狗，一只流浪狗，浑身雪白，唯右半边的脸上罩着一只硕大的黑眼圈。

贝贝就这样闯进我的生活，欢乐着我的童年。

要感谢小陈姐姐，一个在超市打工的乡村美少女，不知来自合肥周边的哪一座村庄，是她把流浪狗贝贝收留下来。她和一帮进城打工的青年男女，租住在我家对面的库房里，每天回来得很晚，贝贝就腻在我身边。那是1998年的春天，包河一带花木葱茏，柳树吐出了米粒大的嫩芽，天空非常蓝。每天放学以后，我就把书包一扔，带上贝贝往包河跑，完全不顾妈妈的咆哮。贝贝一边欢呼一边跳跃，一会儿在前面带路，一会儿围着我转圈子，时不时地递上它的笑脸。

狗是会笑的，你知道吗？它们笑的时候，拼命把嘴角往耳根扯，咧出一张大嘴来。

作为一只流浪狗，现在的贝贝浑身雪白。大部分时间，它待在我家，只有小陈姐姐下班回来，它才去她的脚边转上一圈。它已经把我当作了它的主人，每天傍晚坐在图书馆后院的月亮门外，等我放学回来。贝贝坐姿挺拔，半边脸乌黑，半边脸雪白。一位路过的行人说，这是一张哲学家的脸。我很喜欢这个说法，现在想来，贝贝的面容确实深不可测，有一种神秘的美感。作为一只宠物狗，它其实很不纯粹，经过了不知多少代，多少次的杂交，它最初的品种已经无法分辨，可能也是因为这个，它才遭人遗弃。但它的智商绝对一流，集中了多个品种的多种优点。它很快就成为我们的家庭成员，清楚地知道谁最重要，谁次重要，谁可以小小地冒犯。当然，它和我最为亲近，在家庭内部，我们常常心照不宣。如果我不想做作业，只需一个眼色，它就会飞奔着跑出门去，让我不得不在它的身后追赶。我们的这点小伎俩，哪里瞒得过妈妈的火眼金睛？她说："你就和我斗智斗勇吧。——还有你！"妈妈突然转过身来，指着贝贝，"你不要和她狼狈为奸！"贝贝老老实实坐着，垂着头，假装认错，然后趁妈妈不注意，飞快地瞟上我一眼。贝贝的黑眼圈越来越大了，藏在里面的眼睛，几乎看不见。

天气好的日子，我和妈妈给它洗澡，爸爸给它梳毛，然后把它放在高高的脚踏凳上，在太阳底下晒干。太阳暖洋洋的，包河一天比一天鸟语花香，天空非常蓝。贝贝眯起眼睛，享受着阳光，突然打一个激灵，抖一抖蓬松了的毛发，递给我一个笑脸。

后来，我曾无数次地回忆起那些日子，回忆起贝贝带给我的无与伦比的童年。

贝贝的丢失毫无征兆，像它的突然出现一样。那天我放学回来，贝贝没有像往常那样在月亮门前出现。我很生气，大声唤它，怪它没有跑出来迎接。然而始终没有它撒娇似的吟吠，我随即惊慌起来。在我的哭喊声中，爸爸妈妈，还有小陈姐姐，全都跑出了家门，四散着到处寻找，一直找到天黑透了，也没能把它找回来。

我放声大哭，无论如何都不肯吃饭。

没有贝贝的日子很是无趣，我的天空一下子变得暗淡。每天上学放学，我都走走停停，寻寻觅觅，幻想着贝贝突然从树丛后面，伸出它那张黑白相间的脸。我说："贝贝你在哪儿啊？你知道姐姐在找你吗？你要是能听见姐姐说的话，你就自己跑回来。"

妈妈说："不要再找了，你找不到它的，它是一只流浪狗，流浪是它的天性，它要是想跑，你怎么找得回来？"

我懒得反驳，装作没有听见。我妈妈这个人，一向自以为是，不懂得尊重别人，尤其不懂得尊重别人的情感。我说："贝贝，姐姐相信你，我和小陈姐姐等着你回来！"

大概是看我太伤心了，不久，妈妈的朋友就给我抱来一只刚满月的小白狗，因为太小了，看不出品种来。也许又是一个"窜"。但真的漂亮，尤其是眼睛，蓝莹莹的，像极了小姑娘的眼。看它的眼神，你绝对不会想到这是一只小公狗，抛什么抛啊？它的那双眼睛，任何时候，都是一双媚眼！

我的心情渐渐好了起来。

我给新来的小狗起名"贝利"，一个著名球星的名字，而内心里，是对走失的贝贝的怀念。我说："贝贝，你不用担心啊，现在有贝利陪姐姐。你要是有机会，你一定要逃跑，姐姐和小陈姐姐，还有新来的小狗贝利，都在等你呢！"

不管妈妈怎么胡说八道，我一直坚信，贝贝有回来的一天！

天气一天天凉了，包河两边的行人步道上落满了黄叶。霜后的早晨，包河的水变得无比清澈，枯了的荷叶上面有霜花凝结。贝贝仍然没有消息，连小陈姐姐都失去了信心，我却仍在等待。小狗贝利有时会和我一起去包河边的灌木丛里寻找，幻想着有一天，贝贝会突然出现。

像它的走失一样，贝贝的归来毫无征兆。那天我放学回来，远远就看见爸爸和妈妈并肩站在月亮门前。也太隆重了吧？莫不是我闯了什么祸？我内心隐隐不安。突然，一只狗箭一般地冲了出来，扑到了我的面前。是贝贝！我大叫一声，把它抱起来，一边欢呼一边转圈。

这时离它走失,已经快到两个月。

能够看出来,贝贝吃了很多苦,也能够看出来,它的逃脱历经千难万险。虽然看上去它的毛色依然白净,但是全身板结成球,怎么梳也梳不开。而且也瘦了很多,身子两边露出一根根肋骨,看上去只剩下一颗脑袋。它拼命舔我的脸,舔我的手,对我表示歉意;贝利则在一边狂吠,表示它的不满。

贝贝一定是蓄谋已久,才最终逃了出来。

妈妈说:"抱走贝贝的人对它还是不错的,你看它的毛,洗得多白!"我说这更加说明贝贝有情有义,它是因为太想我们了,身上的毛才会板结。贝贝安静地听着,幸福地闭上眼睛,为它剪毛的时候,它一动也不动;贝利仍在一边狂吠,闹不团结。

一开始,我并没把贝利的情绪当一回事,以为它闹上一闹,就会接受现实。谁知它的嫉妒心超强,不许贝贝喝水,不许贝贝吃饭,不许贝贝进屋,更过分的是,把妈妈为贝贝做的衣服拼命撕咬下来。那是我的一条旧毛裤,一只裤腿垫了它的狗窝,一只裤腿给贝贝做了一件背心。天凉了,贝贝剃光了毛的身躯,看上去真是可怜。贝贝处处退让,不争不抢,任由贝利欺负,从不表示不满。

贝贝是一只仁义的犬。

因为住的是小平房,又因为是住在城市中心的包河边上,我们家不断有流浪狗加入进来。花花是一只小母狗,已经怀了崽,快要生了,我和小陈姐姐每天喂它一根火腿肠,算是给它单独加餐。但是后来我们知道,宠物犬是不能吃火腿肠的,火腿肠里有盐。胖胖是一只京巴,非同一般地笨,每天只会讨好女主人,也就是讨好我妈妈,对我睬都不睬。哼!你不睬我,我还懒得睬你呢!我说一件事,你就知道作为一只狗,它有多么愚蠢。我们家的里屋装了取暖的空调,为了保持温度,进出都要把门关上。贝贝要是想进去,会用一只爪子,把门轻轻推开一道缝,然后侧着身子挤进去,再用屁股把门抵严。而胖胖呢?胖胖是退后十几步,然后猛地冲上前去,用脑袋把门撞开!这之后它就坐在地上,拼命地晃它的狗头——因为用力太猛,把脑袋撞晕了,一时分不清东西南北。

整整一个冬天,胖胖就这么一而再,再而三地用脑袋撞门,把自己的智商降到了零点。这就算了,反正是在自己的家里面。让我不能忍受的是,有一回邻居家里烧小鸡,扑鼻的香味在院子里飘得哪哪都是,胖胖就觍着脸,赖在人家门口死活不愿走,口水湿了一大片。我去把它抱回来,它又跑过去,如此再三再四,我也懒得再管。

而贝贝就不会做这种丢脸的事,贝贝的自尊心强着呢!有一回过马路,它让汽车碰伤了腿,去医院上了药回来,就静静地卧在桌边。当夜电闪雷鸣,下起了大雨,它要撒尿,但无论如何都不肯撒在卫生间里,任我们怎么劝,它一定要去外面。后来是爸爸打着伞,把它抱出去,但是雨实在是太大了,它和爸爸都淋得浑身精湿,进屋以后,冷得直打战。我说:"胖胖你看,贝贝有多么自觉!"胖胖傻乎乎地看着我,觍着一张胖脸。

人有百性,狗也有百性,我见过的最懒的狗,要数蓬蓬了。

099

它不是一只流浪狗，而是妈妈同事家养的一只宠物狗，就是因为太受宠了，才一步路都不愿走，你要是让它走，它就往地上一摊！是真正的摊，四仰八叉，肚皮朝上，很难看。我说："蓬蓬你看你什么样子啊，还有没有一点尊严！"它不睬我，继续摊在地上，放赖。而且也完全谈不上忠诚，我抱走它的时候，它对自己的主人看都没看上一眼。所以它虽然品种纯粹，我却不喜欢。狗要有狗的样子，忠诚是第一品质，要不，你还是一条狗吗？

图书馆要扩建了，月亮门后面的小平房要拆迁，家家都欢欣鼓舞，只有我高兴不起来。我当然也想住新房子啊，想住楼房，但是贝贝它们怎么办呢？我刚刚失去了贝利，还没缓过劲来。贝利的死，真的让我伤心欲绝。我妈妈出差去了，贝利和我，当然还有贝贝和胖胖，都一起放松下来。我妈妈这个人，什么都要管，所以只要她在家，所有的人都不痛快。我说："贝利，这一下姐姐可以带你出去了，想去哪儿就去哪儿，想去多久就去多久，想怎么玩就怎么玩！"贝利欢呼着跑出门去，再猛地一个折转，欢呼着跑回来。贝利的这个动作，真的很帅！贝贝和胖胖，这时也都聚集在了我的脚下，我带领它们浩浩荡荡拥出图书馆的后门，任它们一路狂欢。对于我们来说，妈妈出差是千载难逢，虽然她经常出差。我们浩浩荡荡，"视察"了包河，"视察"了宁国路，我们甚至到车水马龙的大钟楼"视察"了一圈。路上遇见金毛，遇见拉布拉多，遇见比特，贝利统统不知道害怕，它甚至冲上前去，对着一只退役的警犬狂吠，像一个勇敢的小男孩。我说："贝利你真不知天高地厚啊，它们都是大型犬！"贝利就越发不知天高地厚，狂欢着在前面带路，然后猛一甩头，一个折转，回到我的身边。

那是贝利短暂的生命绽放出的短暂的璀璨。

至今我不愿回忆那个下午，是因为对贝利的抱歉。假如我不带它去宁国路，假如我不让它为所欲为，假如我把它抱在怀里，假如……无数的假如，在此后的日子里，我想了一遍又一遍。然而没有假如，事实是贝利在宁国路上捡了一根骨头，感染了"细小病毒"，回来不久就剧烈呕吐。我和爸爸第一时间把它送进宠物医院，医生看了以后说必须住院。贝利偎在我的怀里，本来连哼一声的力气都没有了，这时挣扎着抬起头，可怜巴巴地看着我，不想一个人留下来。我说："不住院行吗？"医生说："可以啊，这个病的死亡率很高，我也不想赚你的钱！"

贝利就这样独自留在了宠物医院。每天下午放了学，爸爸都会骑上自行车，带我去看它。看见我们进去，它会挣扎着抬起脑袋，可怜巴巴地看我一眼。它已经没有力气呻吟，它小姑娘一般美丽的眼睛，突然泪水涟涟。我说："贝利你一定要听话噢，打针不要害怕，要勇敢！"贝利勉强撑起脑袋，眼泪汪汪地看着我，让它趴下省点力气，它也不趴。我没有办法，只好说："姐姐向你保证，姐姐明天一定带你回家！"

我是哭着离开宠物医院的，天已经完全黑了，医生拿着钥匙，站在门边，弄出很大的声响。爸爸说走吧走吧，人家要下班了。我哭着说："贝利就一个人留在这里吗？这是什么医院啊，怎么就它自己啊？"医生咔嚓一声锁上门，骑上自行车，走了。

101

门内传出贝利的呻吟，细若游丝。

妈妈是傍晚时分到家的，这以后一直站在月亮门前等我。看见她我放声大哭，我说："妈妈对不起，我不该带贝利去宁国路……"妈妈说："别哭别哭，你哭什么啊？妈妈不是也没怪你嘛。"

贝贝悄悄偎过来，舔了舔我的手。

让人始料未及的是，刚一进宠物医院的门，就听见贝利的吟吠，我走过去的时候，它甚至把爪子撑在纸箱边上，探出了头。我抱起它来，拼命亲它的小脑袋，贝利幸福地闭上眼睛，十分享受。

医生说，先别高兴啊，这个病多有反复！我非常不高兴地看了他一眼，心说，你吓唬谁啊？你不就想让我们多住几天院嘛！

一直到今天，对那个医生，我都充满了愧疚。

当晚把贝利带回家，是出于妈妈的坚持，她也是听见贝利的哭声又返回去的，而贝利看见我们返回，就越发变本加厉了。它不停地呻唤，表达无限的眷恋和无限的痛苦。妈妈说，算了算了，还是带它回家吧，它一个人在这里，多害怕啊，再说不是已经好转了吗？身后传来医生冷冰冰的声音："别说我没告诉你们啊，这个病多有反复！"

我和妈妈还有贝利，我们都没听进去，我们铸成了大错。

我现在不想回忆那天的情形，我不想再次经历痛苦。贝利回家的第二天下午，病情突然恶化，呕吐、战栗，仰在地上，浑身抽搐。我实在不忍心，哭着跑出门去，身后却突然传来贝利的叫声，尖锐、凄厉、恐怖。我一个激灵，赶紧折回去，贝利看见我，身子突然一软，咽气了。

我号啕大哭。

在失去贝利的日子里，我不愿吃饭，不愿睡觉，不愿上学。我万念俱灰，觉得活着没什么意思，我甚至都不想活了。这是我第一次经历死亡，它让我无法承受。妈妈为我请了几天假，和老师说我病了。要感谢我的同学陶瑞雪，放了学就来陪我，我们一起坐在长眠着贝利的树下，谁都不说话，天慢慢黑了，星星一颗一颗地明亮，直到满天星斗。

贝利贝利，你知道姐姐有多想你吗？

所以对于拆迁，我实在难以欢欣鼓舞。我不想在失去贝利之后，再让贝贝它们流离失所。贝利走后，贝贝越发仁义，知道我难过，每天在我的小屋里，陪我到很久。我说："贝贝，马上要拆迁了，你可怎么办啊？你这只流浪狗！"自它来到我家之后，我从没说过这个敏感的词，我从不触及贝贝的痛处。可现在我和它都必须面对，面对它曾经流浪的过去，而出入自由可以直达句河边的树丛的这片小平房，就要不存在了。妈妈已经租好了房子，在宁国新村的三楼。我说："妈妈，我们可不可以租一间平房啊？或者是租一楼？"妈妈白了我一眼，问："你想说什么？"

我妈妈这个人，一向霸道。我说："贝贝，从现在起你就要有思想准备，我们要住楼房了。楼房就是高一点，其他的一切，都比这里好。"贝贝似乎听懂了，咧开它的大嘴笑了一笑，然后舔舔我

103

的手。我说:"姐姐再不能失去你了,你一定要自己克服!"

　　胖胖和花花,都陆续找好了人家,只等我们搬家,就过来接收。胖胖怕什么啊?反正只要讨好女主人,就一切OK了!花花也不怕,花花和收养她的人已经见过面了,他们相互间很亲热。只有贝贝,不和任何人见面,那几天只要有人进到我们这个小院,它就跑得连影子都没有。我说:"贝贝,那就和姐姐住楼房吧,这可是你自己的选择!"贝贝直立起身子,舔了舔我的手。

　　搬上楼的最初几天,贝贝很乖,只是无精打采,吃也不怎么吃,喝也不怎么喝。一天中最快乐的时光,是带它到楼下撒尿,可它哪里撒尿啊,它一下楼就疯了一般地在院子里跑,在草丛里打滚,在墙上蹭脑袋,弄得满身尘土。妈妈生气地说:"你本性难移是吧?你知错不改是吧?我这样教育你,你还是要自甘堕落!"我说妈妈!妈妈白了我一眼,问:"怎么,我说错了吗?"

　　我很难过,我认为妈妈这样说,是侮辱了贝贝的"人格"。我说:"贝贝,我们要自重,下次再下楼,我们不打滚了行吗?"贝贝舔了舔我的手,羞愧地垂下了头。

　　"3·12"植树节,我们种了树,早早就放了学。爸爸妈妈都还没回来,家里很安静,贝贝也没有出来迎接我。我有些奇怪,蹑手蹑脚地走进去,发现贝贝像个孩子一样,正站在阳台上,扒着栏杆往外看呢。我很难过,上前抱住它,说对不起,姐姐对不起,姐姐真的对不起……

　　一天一天,贝贝无可救药地瘦下去,几乎不食不眠。妈妈说:"把它放了吧,它是一只流浪狗,流浪是它的天性,你这样把它囚在家里，不等于是坐牢吗？"我不说话，眼泪却啪嗒啪嗒地掉下来。妈妈说："我最讨厌你这个样子，我说你什么了吗？你就哭给我看！"我不说话，抱起贝贝下了楼。我说："贝贝，姐姐带你去包河，你不是喜欢包河吗？还有你的朋友！"贝贝在包河边结识了几条流浪狗，它们没有名字，它们无一例外都很脏很瘦。妈妈是坚决不允许贝贝和它们混在一起的，一看见就大声喝骂。天光开始黯淡，路灯亮起来了。我把贝贝放下来，亲了亲它的脑袋，贝贝却噌地一下，不见了。

我大声喊："贝贝！贝贝！贝贝……你不要姐姐了吗？"

周围很安静，没有任何回音。

天完全黑下来了，河心波光粼粼，那是浮庄的灯火。我一个人站着，一直在流眼泪，直到妈妈找到我。

贝贝就这样抛弃了我。

最初几天，我还去包河边上寻找，但渐渐就灰心了。妈妈说不要找了，不要再找了！它是一只流浪……不等她说完，我就捂上了耳朵。我最讨厌妈妈说这个话，难道一只流浪狗就没有尊严了吗？而且流浪也是一种经历，贝贝如果没有流浪，会有这么高的智商？你看胖胖和蓬蓬，蠢成什么样子！

图书馆的门卫叔叔是突然出现的，他小跑着来到我家，说："快去看看吧，你们家贝贝回来了！"不等妈妈反应过来，我就夺门而出。一进图书馆的后院，就看见贝贝一个人坐在废墟上，坐姿挺拔而英武。我大喊一声："贝贝！"它一个鱼跃，扑到我身上。

它很脏，浑身泥垢，可我已经顾不得了。我说："贝贝你到哪里去了啊？你想死姐姐了！"妈妈说："赶快放了它！你看看它，脏成什么样子了！"

尽管洗过澡以后贝贝又再次离我们而去，但我们俩有了个小小的约定，那就是每天下午我放学时，它在图书馆后院等我。我说："贝贝你听懂了吗？你听懂了就点点头。"贝贝咧开大嘴，给我一个笑脸，然后舔了舔我的手。

这样，我每天放学回来，从包河的曲桥上下来，就拐进图书馆的小院，贝贝这时一定会坐在房框里，安静地等我。我给它带去吃的，然后从书包里拿出小碗，接水给它喝。包河一天天鸟语花香，房框一天天变矮，雨水也渐渐稠起来了。但即便是下雨，下大雨，贝贝也一定会出现在空房框里，安安静静地等我。

我们都没有想过，这里很快就会被拔地而起的高楼大厦所淹没。

一直到今天，贝贝坐在空房框里等我的情形，还如在眼前。四周一片废墟，大雨如注，贝贝坐姿挺拔，两耳警觉地竖起来。城市的中心高楼如林，霓虹闪烁，陷落其间的这片废墟，仿佛一座深井。那一年我12岁，刚上初一。如今我已过而立之年，有了工作和家庭。图书馆后的月亮门小院，已经没有多少人能记起了，过往的一切，都湮没在了错落的高楼背后，不留任何痕迹。

贝贝你在哪儿啊？姐姐很想你。

（原载于《青年文学》2018年第2期，《散文海外版》2018年第5期转载，入选《2018中国散文年度佳作》）

唐老师

唐老师在县城里唯一的一所重点中学教政治。

唐老师首先是我外婆,其次才是老师。

她的教学生涯很长,学生众多,其中也包括本家族的很多人,比如我大姨、我妈妈、我小姨,以及我的舅舅们。

对了,还有我爸爸,这一点我很久以后才得知。

唐老师有两类学生:得意的和不得意的。据我妈妈说,我爸爸属于后一类,而她自己,则属于前一种。

换句话说,我妈妈是我外婆的得意门生。

她并且举例加以说明。她说我爸爸上学那会儿,非常非常尊敬,或者说非常非常惧怕唐老师,但唐老师并不记得有他这么个学生。

"为什么呢?"她反问。

"因为,"她加重语气,"因为你爸爸,他根本就不是你外婆得意的学生!"

这很让我怀疑,也不怎么相信。

只是我从未听见我爸爸怎么称呼我外婆,我也从未听过他称呼她老师。

印象中,他见了她总是一声不吭,或是一动不动。

倒是我的几个舅舅,整天"唐老师、唐老师"地叫着,似乎他们不是她的儿子,而是她的学生。

唐老师生于1926年,是安徽砀山人。她娘家是皖北有名的大地主,我妈妈曾经写过很多关于她们家族的事情。她们家只有一个儿子,即我外婆的哥哥,早年死在了日本人的刀下,只留下一个不足周岁的女儿,没有男丁。这在当地,是写入地方史的一个重大事件,当时唐氏家族加上护卫队,死了有二百多人。她那时只有十一二岁,被压在死尸下面,侥幸逃过一劫。她的不足周岁的小侄女,在死去的母亲怀里,居然没有发出一点声音。后来她和她的妹妹一起把这个女婴带大,很有些孤苦伶仃。据说这个家族很有一些故事,可我并不怎么关心。她与我外公结婚时已经年近三十了,此前未婚。

这在那个时代,已经是老姑娘了,是什么原因造成她的晚婚呢?不得而知。

她1956年毕业于江苏师范学院,是20世纪50年代的大学生。她这样的身份和经历，总让我联想到五四时期的进步青年，所以我想象中她年轻时的样子，是海昌蓝衣衫、黑裙子、搭襻布鞋，脖子上搭着一条白围巾。

我妈妈说起我外婆年轻的时候，一般爱用两个形容词：瓜子脸！杏仁眼！这我相信。因为我看到过一张她早年的照片，是一个美人。

但从我记事起，她就是一个蹒跚老人了，头发差不多全白了，皱纹很深。她给我的印象是，即使在大夏天，也两手紧紧地拢着一杯热茶，趿拉着一双高帮的老奶奶鞋，在院子里走来走去。

我和她不亲，小时候最烦去她那里。偶尔被大人带着，勉强去一次，也是站得远远的。

但她对我很是亲热，总是拉过我的手，说："姗姗啊，我的乖乖，想吃点什么呢？"她说这话，似乎并不是征求我的意见，她就这么"乖乖、乖乖"地叫着，她似乎这么叫世上所有的孩子。

我妈妈后来见了所有的小孩子，也都喊乖乖。

唐老师抽烟，爱吃零食，所以她的家里永远备有这样几种吃食：一碟瓜子，一碟花生，一个塑料盘子里装有糖果、干果多种。

她尤其爱嗑瓜子，把瓜子皮吐成美丽的扇形。

我妈妈也有这个本事,我爸爸对此很不屑,说这是好吃懒做的象征。

她每次叫我几声乖乖之后,都会抓一大把瓜子给我,说:"乖乖,吃,吃!"

我不吃,我拿着。我小时候可乖了:不给我的东西,我绝不伸手去要;给我的东西,我也一直拿着。瓜子在手里很难抓得住,它们不停地往下掉,一粒两粒,我很难为情。我很想逃回我爷爷那里去,到了那里,我就不用抓着这种讨厌的东西了!但我妈妈正在和我外婆讲话,眉飞色舞。她们母女有一个共同的特点,就是讲话从来只顾自己,不顾别人。她们的语速都很快,滔滔不绝,川流不息。我小姨家5岁的表妹看出了我的心思,她说:"喊!你爷爷家有什么好的啊?也不是楼,还是泥地。"

我立即和她翻脸,不睬她了。

我5岁的小表妹,和我外公外婆以及我大舅一家,住在一户一幢的老干部楼里,紧邻着淮河大坝,闹中取静。入口是一条深窄的巷子,靠淮河一侧的坝坡上栽满了石榴树。到了夏季石榴开花的时候,鲜红如火,秋天结满了果实。

石榴花和石榴籽,都红得可人。

"五月榴花红似火。"我妈妈教导我说,"记住了,是农历五月!"

她总是这样自以为是,自作聪明。

傍晚时分,人声慢慢退下去了,站在外婆家的院子里,能够听到淮河浪涛拍岸的声音。

外婆家那一排人家，都有些身份。

他们很多是老干部，参加过抗日战争，或是解放战争。他们当然也会在院子里种上一点菜，但更多的人家是养花养草。

我外婆她不，她养了许多鸡。她的院子里常年盘踞着一个庞大的鸡窝，和一条上了岁数的葡萄藤。我小时候进去以后，一般是先站在门口观察一番，因为鸡们随时随地在院子里拉屎，我一不小心就会一脚踩上去。

我外婆对这些鸡很是放任自流，它们爱在哪里，就在哪里。它们有的蹲在衣柜顶上，有的窝在床下，它们如果高兴了，还会一扑棱翅膀，飞到沙发上去。

对此我外婆视若无睹，她继续坐着，一边嗑瓜子一边高谈阔论。我听不懂她说的是什么，也不想知道，整整一个上午，我都被爸爸圈在两腿之间，动也不能动。

我紧张，我害怕，我怕突然飞起来一只鸡，来啄我的眼睛。

终于，爸爸起身了，但外婆还要送我们。我等不了她，飞快地穿过鸡屎遍布的院子，奔出院门。我妈妈说："妈，妈，你不要送了！"可她两手拢着茶杯，一边说一边跟出来了，她走得飞快，不像一个上了岁数的人。

她跟着我们，穿过深窄的巷子，一直走到车水马龙的大路上。我妈妈说："妈，妈，你回去吧！"我站下来，望着她，看她慢慢回转身，趿拉着老奶奶鞋，慢慢地消失在巷口了。

我一转身，把手里紧攥着的瓜子全部扔掉。

111

我的手心黏糊糊的,又湿又黏又冷。我使劲在裤子上蹭了蹭,长长地舒了一口气,但瓜子刺鼻的香料味儿仍然跟了我好久。

后来我不大见她,因为外公去世了,回去的次数越来越少。

我妈是每年必回去,回去了就先去看她。外婆说:"乖乖啊,乖乖!你可回来了!"她一把拉住妈妈的手,看我一眼,说,"姗姗也回来了哈,玩去吧!"

我立即跑出去,跑上淮河大堤。

从很小的时候我就感觉到,她对我很是敷衍。她严重地重男轻女,对家族中的女孩,总是提不起来兴趣。当然我妈妈例外,她在家庭里的地位显然是不一样的。我没兴趣知道这些,也不耐烦听她们说什么,我已经长大了,对她和我妈妈的那一套,越来越不关心。

隔着老远,能听见她和我妈妈肆无忌惮的笑声。

她和我妈妈做人都有些肆无忌惮,随意议论别人,或是指责别人。我妈妈说:"你!你读书一点也不像我!"我不说话,假装没听见。我外婆说:"老头子!你看看你的几个儿子,有什么出息!"

对!就是这样的口气!

错误都是别人的,功劳都是自己的,我外婆和我妈妈,一向就是这么认为的,深信不疑。

我妈妈有时候会有一些奇怪的举动。比如有一次她回去之前，搜罗出一堆黄铜戒指，那是一种白酒盒子里的赠品。这种黄铜戒指的戒面上都刻着一个繁体的"发"字，也有镶一块假翡翠的。我妈妈把它们包起来，说是拿回去给我外婆。我大吃一惊！难道我外婆，她会戴这种东西？

唐老师是离休干部，待遇很高的！

不知为什么，我妈妈常有一些惊人之举。

她又不穷，她又不小气，随便走到什么地方，她都随便送人东西。用我外婆的话说："你二姐，她见钱不切！""切"是热切的意思，唐老师老家的方言。她这话是对我的舅舅们说的。

我的舅舅们对我妈妈，全都毕恭毕敬。

但是妈妈她为什么要送外婆这种一个钱不值的黄铜戒指呢？

我妈妈她，常有一些惊人之举。

"我回家去，兄弟媳妇是要迎进门的！"我妈妈得意地说，"我离开，兄弟媳妇也是要送出门的！"

我妈妈更加得意。

这就是我妈妈，总是这种炫耀的口气。

她在娘家的地位这么高，是因为我外婆，我外婆总是说："等你二姐回来，等你二姐回来！"这是家里遇见了什么人事情。我外公去世之后，家里的任何事情，我外婆都说："等你二姐回来！"其实有时是一些鸡毛蒜皮的小事，根本用不着我妈妈做决定。我想她这样说，一是为了强调我妈妈在家庭中的地位，二是希望我妈妈回去看她：你回来吧，家里有事哩！

我妈妈于是颐指气使地赶回去，颐指气使地坐下来，颐指气使地说三道四，做一些自以为是的决定。

我外公说我妈妈："你和你娘，还真像呢！"

我外婆就哈哈大笑，很高兴。

我上了高中以后，难得回去看唐老师，总觉得见她一次，就老一次。

她见了我，还是像我小时候那样，"乖乖、乖乖"地喊我，枯瘦的五指拢着茶杯，指头上戴着我妈妈送给她的铜戒指。

她又不是穷，又不是没有，我想不明白，她为什么会戴这个。

我妈妈常要说："我很感激你外婆，鼓励我读书。你知道吗？我去武汉读书，你外婆还每年有钱给我。"

我一岁半时，我妈妈去武汉读书，得到我外婆的大力支持。当然，这不仅仅是经济上，那时我妈妈已经拿工资了，我爸爸也在工作。最主要的支持，来自精神方面，我外婆说："乖乖！你放心去念书吧，妈妈就稀罕你念书！"

我外婆似乎一辈子都很稀罕我妈妈读书。

"妈妈多会读书啊！"她又开始得意，"你读书一点也不像我！"

是的，我读书不像我妈妈，我学习不太好。我反正考个一般本科就行了，我要读那么好干什么？

我妈妈可不这样想，她希望我读书出类拔萃，把别人全都压下去，让男生有沮丧的感觉。所以她从中学到大学，都没有男生喜欢她,像她那么自以为是、高高在上,谁受得了?

我不,我宁愿收获男生的目光,我要学习那么好干什么?

幸好唐老师不知道,她要是知道我学习一般,一定连敷衍都不肯敷衍我。她严重地重男轻女,男孩子学习不好,她照样"乖乖、乖乖"地追着喊,女孩子要是学习不好,就难说了。

"妈妈会读书啊,"我妈妈又开始翘尾巴,"所以你外婆喜欢我!"

在唐老师眼里,世界上所有的小孩子似乎都是她的学生,但只有特别优秀的,才可以得到她的特别关照。

"唐老师……嘿嘿……唐老师!"我六舅说半截留半截,脸上是揶揄的笑。

我六舅的学习不好,几个舅舅中,就他没有考上大学。但他在家里依然受宠,这当然首先因为他是男孩子,其次……不不不,更重要的是他长得像我外婆。

他年轻时被称作"英俊少年",长眉入鬓,宽肩细腰,个子很高。

我准备结婚了,带着我准老公回老家,我五舅设宴招待我。彼时唐老师已经八十高龄了,仍然一杯接着一杯地喝酒,白酒,更兼滔滔不绝。她拿起一根烟,晃了一晃,边上我的某一个舅舅一伸手,啪的一声,为她点上火。

她抽烟的动作很娴熟。她苍老的面容隐在缭绕的烟雾后面,有些莫测。

酒桌上大家互称职务,一时局长、院长、校长的称呼满天飞,把我第一回上门的准老公吓住了。当然是搞笑,不过我的几个舅舅,除了六舅以外都很厉害,或是著名律师,或是著名学者。

唐老师旁若无人地抽烟,除了我妈妈,基本不和别人搭话。

这是我第一次看见唐老师不高谈阔论的样子,那之后再看见她,她也不太爱说话。妈妈说:"你外婆真的老了,也不关心你舅舅了。"过去我妈妈一回去,她总是和我妈妈说些我舅舅们的事情,谁谁怎么样,谁谁又怎么样。她一般都是报喜不报忧,光说他们的好话,尤其是说我六舅的好话。但现在妈妈再回去,她大多数时间是沉默不语,偶尔会喊一声:"乖乖啊,乖乖你回来了?"

过了几年,她先是摔断了腿,在床上躺了很长时间,后来又突然发病,昏迷,被送进蚌埠淮委医院的 ICU 抢救,我们都以为她出不来了。

但她出来了,在床上躺着,基本不说话。

我回老家去看她,她瘦得好像没有了一样,头枕在枕头上,也小得像一个孩子。

她的头发全白了,白得就像她头下的枕头。

六舅喊:"妈,妈!姗姗来看你了!"

她静静地躺着,动也不动,像没听见一样。

六舅更大声地喊:"妈,妈!二姐来看你了!"

她似乎听到了六舅的声音,奋力朝他侧了侧头。

妈妈俯下身去，轻轻喊了一声："妈！"

这一声，外婆似乎听见了。

外婆去世了，妈妈通知我，让我和她一起回老家。

那是在上班的路上，我坐在车里。虽然我和她不像和我奶奶那么亲，但我心里还是很难过。

告别仪式是在傍晚举行的，妈妈说这不是我们老家的规矩。讣告上写着唐老师的生平，兢兢业业，勤奋克己，为党的教育事业奋斗终生，等等，都是很高大上的词句。她89岁的高寿，喜丧，所以丧仪上并没有弥漫太悲伤的气氛。妈妈说："妈妈很感谢你外婆，一生都在鼓励我读书。如果不是你外婆，妈妈是不会有今天的。"

"再也不能听见你外婆，喊妈妈乖乖了。"妈妈说，眼里有了泪花。

唐老师不是我亲外婆，她不是我妈妈的亲妈妈。

（原载于《湖南文学》2018年第9期，《散文海外版》2018年第11期转载）

许村——有一种乡愁叫许村

每一次去徽州，都渴望去许村。

这是我自己的姓氏，因此对以"许"命名的村落，有一种天然的亲近。在徽州，许姓的分布极为广泛，据我所知，黟县、歙县都有以"许"命名的村落，"高阳桥"也不止一座。许氏的郡望在高阳，这个我在很小的时候就知道。

许村许村，你是我的乡愁吗？

循碎石小路蜿蜒进村，路两边是庄稼和菜地，有鸡舍和鸭舍，鸡和鸭们啄啄停停，或很蹒跚，或很昂扬。富资水在不远处潺潺，有妇人在河上洗涤，男人牵着牛走过，一派田园风光。富资水东出箬岭，是新安江支流练江的一条支流，而许村最早的得名，即是源于这条古老的河。暮霭渐渐升绕于河面，又到了夕阳西下的时刻，一缕模糊的"故乡故土"的愁绪，在河上缠绵悱恻。

然而走进许村我才知道，它不属于我。

它属于一个名叫"许月卿"的人。知道他是因为，十年不语的许月卿，终于开口说话了。

那是元至元二十三年（1286年），这一年，许月卿已经70岁了。他自觉去日无多，于是在某一天突然开口说话，算是临终遗言。遗言分两个部分：一是自己入殓时，一定要穿当年集英殿皇帝御赐的红袍，以示尽忠；二是向两位老朋友致敬，一是履善甫，二是谢君直，都是他的知音："死矣，履善甫得其所矣，不可复作矣。谢君直与予皆不苟合于世者矣，是尝顾此于予，是深知予者也。"履善甫死得其所，谢君直不苟活于世，这便是许月卿临终前的交代。

令我惊诧的是，许村人对他很陌生，他们茫然道：是什么人？是镇里新来的书记吗？

很少有人知道，许月卿所说的履善甫，就是文天祥。《宋史·文天祥传》："文天祥，字宋瑞，又字履善，吉之吉水人也。体貌丰伟，美皙如玉，秀眉而长目，顾盼烨然。"根据《宋史》里的这段话，我们知道了，文天祥不仅铁骨铮铮、大义凛然，而且是一个"美皙如玉"的美男子，"顾盼烨然"。也不仅如此，文天祥还是宝祐四年（1256年）丙辰科状元，这一科，全国一共取士601人。用今天的标准衡量，这个人真是又忠又义，又红又专。"宝祐"是宋理宗赵昀的年号，南宋使用这个年号，一共也就6

年时间。许月卿做这番临终评说时，南宋状元文天祥已经早他3年，于1283年农历十二月初九，在元大都从容就义；而他提到的另外一个人谢君直，也在他死后3年，1289年四月初五，于元大都"悯忠寺"，绝食五日而死。作为南宋著名诗人，谢君直的诗文奇绝豪迈。靖康后，他带领义军在江东抗元，被俘于京都，以身殉国。而他们所效忠的赵宋王朝，更是早在10年以前，1279年二月初六，就已经随着陆秀夫背上那个8岁的小皇帝赵昺，沉入崖山的海底，灰飞烟灭了。

行走在古老许村的深巷之中，我的心中充满了哀伤。

不知道哪是许月卿的老屋？不知道谁是许月卿的后人？不知道崖山之后的10年，临死之前的5年，许月卿怎样度过？除了他的临终遗言，这个人一切的一切，我都不知道。不得不承认，曾经让中国文人痛彻心扉的崖山之痛，崖山之辱，崖山之节烈悲壮，都已经离我们很远很远了。

晚清名臣张之洞有《读宋史》诗："南人不相宋家传，自诩津桥警杜鹃。辛苦李虞文陆辈，追随寒日到虞渊。"寥寥四句，道尽两宋300年历史。诗中所说"李虞文陆"，是指李纲、虞允文、文天祥、陆秀夫，皆为南宋名相，靖康之变后，追随宋室南渡，最终文天祥成仁于北，陆秀夫蹈海于南。崖山一战，据日本方面的记载，宋元双方投入的兵力大约50万人之多，但南宋20万人中，包括了文臣及其眷属、宫廷人员和普通百姓，实际兵力不过5万左右。当元军呼啸而来，蜂拥而至，茫茫大海，逃无可逃之际，陆秀夫对小皇帝赵昺说："圣上，咱们已经无路可走了，请圣上随老臣，一起沉海吧！"小皇帝赵昺就乖乖地趴在了陆秀夫的背上。43岁的陆秀夫，最后看了一眼大陆，纵身跃入滔滔大海。随行军民见状，纷纷扑向海洋，崖山海面浮尸10万。

那一天，10万军民同日蹈海。

也许就是从那时起，许月卿决心不再说话——他以他的沉默，表达他对宋室的忠诚。

报国无门，唯有孤愤。当年，谢枋得闭门不出，众人不解，于是谢氏手书"要知今日谢枋得，便是当年许月卿"，以明心志。

但是这一切只存在于历史之中，现实中的许村人对许月卿并不知晓。他们挂在嘴上的是许畅芝，光绪年间名满江南的大茶商，曾家财巨万，这很令许村人津津乐道。这是一个古老的村落，据称已有1500多年的历史，但古民居的保存并不完整，偶有粉壁黛瓦马头墙，隐在钢筋水泥的现代建筑之间，显出几分衰败和寥落。许村就比较冷清，即便是在油菜花盛开的旅游旺季，来许村的游人也不多。大茶商许畅芝的怡心楼，是一座建于光绪三十四年的老屋，为许氏客馆，但从某种意义上说，也是婺源茶商的一个聚会场所、交易场所。光绪三十四年是公元1908年，距今也才100多年的时间。许畅芝又名许云薪，在网上没有查到他的资料，而关于怡心楼的资料，也一样寥寥。这是一座特别的建筑，占地280平方米，当年应该很宏阔，今天已经陷在密密麻麻的民居之中了。说它特别，是指厅堂中央的三个方形藻井，构件环环相扣，飞金流彩，金碧辉煌。看了怡心楼的藻井，我才知道了什么叫作"金碧辉煌"，因为藻井上的彩绘基本上是金碧两色。

据称这种彩绘建筑在婺源仅此一栋，我想不仅婺源，就是整个徽州地区，彩绘也不多。徽派建筑崇尚黑白两色，所谓"粉墙黛瓦"，木雕也多为"清水雕"。这是徽商趣味的体现，徽商之所以被称作"儒商"，一是"读书取仕"，二是趣味高雅，体现在色彩上，即是对自然色的偏爱，是一种低调的奢华。

有趣的是，在长达 60 多年的时间里，怡心楼都是许村镇的办公场所。我们去的那天，因为是星期天，楼里没有什么人，但墙上"许村镇党务公开栏"和"许村镇党的群众路线教育实践活动办公室"的红色标牌，在幽暗的屋宇下异常醒目。余晖从高狭的窗棂间透进来，越发显出房屋的古老。也许正因为是村镇办公场所，这座建筑才得以完整地保留。看怡心楼的气势，当年许畅芝的生意应该做得不小，不然不会造这么大的客馆。这一带的自然条件、生态环境，特别是雨量、气候、土壤等等，特别适合茶叶种植，尤其是地处江西、安徽、浙江三省交界地带的婺源，是著名的"绿茶金三角"。婺源茶园大多在高山深谷之中，饱受雾露滋润，芽叶丰厚柔软，含有丰富的维生素、氨基酸等营养成分，炒制出来的绿茶香气馥郁、滋味醇厚，具有"叶绿、汤清、香浓、味醇"的特点，所以婺茶在徽茶中又独胜一筹。

婺茶胜金。

然而在网上，为什么查不到茶商许畅芝的资料呢？我很困惑。婺源产茶历史悠久，早在唐代就是著名的产茶区，唐陆羽所著《茶经》中，就有"歙州茶生婺源山谷"的记载，《宋史·食货志》更是将婺源"谢源茶"列为全国六大绝品之一。白居易在他的《琵琶行》中有过这样的描述："商人重利轻别离，前月浮梁买茶去。"诗中的"浮梁"在哪里呢？在今天的景德镇，与婺源紧邻。由于当时交通不便，徽州的茶叶多是运到江西的浮梁县进行交易，可见从唐代起，浮梁就是国内重要的茶叶集散地。进入浮梁的茶叶，经阊水入鄱阳湖，然后从湖口进入长江，再转销全国各地。

浮梁就这样成就了一段千古绝唱，一直到今天，唐朝的琵琶，依然在现代的歌舞场中，吟唱着商场的别离。

岁月如浮尘，覆盖了很多人和事，今天我们已经无法知道，他们怎样经商、怎样交际、怎样生活的。我们更难还原的，是他们生活的细节，和他们生命的温度。

岁月就是这样残酷。

春气依然浮泛，春光却如春茶，已经渐渐老去了。山上和村上，很少见到年轻人的身影，年轻人都进城打工去了，因此采茶的成本很高。去年，一个采茶工的工资据说还是150元一天，今年就涨到了200元。"采茶调"里的采茶姑娘，也差不多都变成了"采茶奶奶"，如今在徽州，连"采茶大嫂"也很少见到了。茶叶的时令性很强，明前茶在每年清明的前10天采摘，雨前茶在每年的谷雨前、清明后15天采摘，加起来也就25天的采摘期。所谓"明前茶，贵如金"，早一天是茶叶，晚一天就是树叶了。

所以季节性用工荒，不仅出现在沿海的东莞，还出现在徽州的茶山。

守候怡心楼的是一对老夫妻，儿女都在遥远的广东打工，即便是采茶的忙季，也不回家乡来。太阳渐渐西沉，楼宇越发幽暗，怡心楼的雕梁画栋俱已抹上夕阳的暖红，陈年的木质窗棂闪烁着沉甸甸的金属光。听说我想去河边转转，老妇人便拐出大门，为我指点路径，身后大门闭合的声音如同老人的声息，悠长而苍老。

特别特别想去村外，寻找那座老桥。

特别特别想去老桥边，一个人站着，静待落日在古老的徽山徽水间，一点点沉落。

那是一种境界，也是一种境遇，难以设计和预料。如此情境，只在古人的笔下出现，不知我有没有这样的机缘巧合。在前往许村前我就决定，此行一定要去看看那座老桥，那座在网上我一眼看见就被击中的老桥。那时我并不知道它的名字，但它在蒿草纷披中呈现出的苍凉美感，瞬间就将我击中了。

仿佛前世，我就与它相遇过。

婺源作家洪忠佩，曾专门写过婺源的桥。婺源最有名的桥，当然是清华镇的彩虹桥，但是赶过去一看，万人如蚁，甚嚣尘上，我甚至失去接近它的勇气了。感受徽州的古桥，当在夕阳残照之下，或是细雨蒙蒙之中，像这样鱼贯而入，接踵而行，在无数导游声嘶力竭的吆喝声中磕磕绊绊地走过彩虹桥，还能否感受到徽州桥梁的美好？

所以在清华镇，我只是在如腾如沸的人气之外，远远地看了一眼彩虹桥。我甚至怀疑，作家洪忠佩笔下美丽的古桥，大都已在婺源的土地上消失了。我也因此对许村之行抱有特别的期待，听说在许村镇，至今保留有22座古石桥。但询问村中的人，或是他们听不懂我的话，或是我听不懂他们的话，总之，多数人都不知道。我很犹豫，也很失望，就在这时，一位中年妇女主动走上来，说是要引我去村外的老桥。

情绪一下就好起来了。

穿过宅院和菜地，绕过鸡舍和鸭舍，我们行不由径，最后上了村外的碎石小道。妇女姓程，嫁到这个村子多年，儿子和女儿都在外地上大学。她很健谈，也许是渴望交谈，一路上和我絮叨她家里的琐事，滔滔不绝。不太像徽州妇女，徽州妇女不怎么爱说。徽州男人也不怎么爱说，对外人普遍保持一种警觉。这和历史上徽州男人多外出经商，村中俱是妇孺有关。如程氏女这般开朗的女性，在徽州确实很难见到。她也不讳言，她是有过两次婚姻的，前头的男人得病死了，她再嫁到这一家来，男人的身体仍然不怎么好。好在已经熬过来了，孩子们都很出息，房子也造起来了。这么说着，她对我嫣然一笑。真的嫣然，笑容中甚至有一丝少女的娇娆。徽山徽水养好女，徽州女子看上去比实际年龄"面少"。平原上的女人，到了40岁朝上快50岁的年纪，就俨然老年妇女了，不仅不再穿红戴绿，也不再注意打扮。老太太了，打扮什么？可程氏女依然穿花衣，别发卡，一点也不觉得自己老。油菜花依然零零星星地开放，富资水从脚边上无声地流过。夕阳时分的徽州河流，总是美得无以诉说。田野一片葱茏，但极少有农人耕耘，满目春光，看上去就有些寂寞。在程氏女的口中，这条水名叫"赋春水"——诗词歌赋的"赋"，她解释说，普通话很标准。但是资料显示,这条水叫"富资水",也不知道到底哪个正确。不过在我看来,"赋春"比"富资"二字要好。记得在什么地方看过,叫"水"的河流都很古老,那么富资水也是一条古老的河流吗?跨越它的桥梁,是哪一年哪一月,哪个人出资建造的?

有关它的一切,我都很想知道。

徽州多河流,河上多古桥。徽州人把架桥铺路看作"义举"和"善举",所以行走在徽州的乡野,常常会不期然而然,出现一座老桥。多是石拱桥,又多是单拱,如眼前这座,在古老的富资水上静静地拱立着。拱起的桥洞,笼罩在落日之上,河上波光粼粼,仿佛一川胭脂,美极了。因为久无行人走动,桥两边长满了蒿草。正是植物生长的季节,草就一副恣肆的样子,和遍布桥体的苔藓一起,为老桥打上苍劲的底色。远远地,在村落那边,有女人喊孩子回家吃饭。暮色上来了,河面上的胭脂红不知何时已经褪去,河水变得深不可测。

我兀自站着,一动不动,害怕惊扰了蒿蓬中栖息的鸟雀。村落里的灯火渐次亮了起来,温暖着路上的行人,和古徽州的暮色。

(原载于《莽原》2017年第4期)

站在原地

我从来不是成绩最差的学生之一，即便是在那段劣迹斑斑的日子里。

时至今日，我也很难说得清楚，为什么在疯狂逃课的情况下，我的成绩还能差强人意。我的成绩单上能够让人看上去眼前一亮的科目，都集中在除英语、数学这样的主科之外，诸如地理、历史这样的副科之上，这让我常怀羞愧之心。所以到了分科的时候我就被分到了文科班，对于我的父母而言，这当然令他们怏怏有所不足，但对于我，它并不是晴天霹雳。

有一本心理学的书说，每一次环境的改变，都会对一个人的人格塑造产生影响，也许。这次分科或说这次分班，会对我今后的人生产生什么样的影响呢？我不知道，但我仍然窃喜。

我最心仪的男生，随我分了过去。

当然，"随我"的说法不是那么准确，准确的说法是，他和我一样迫不得已。从看见我的第一眼起，他就开始了对我的追求，他是这么说的。"那么你是什么时候看见我第一眼的呢？"我问。他猝不及防，支支吾吾，想蒙混过去。当然，他最终没能蒙混过去。

我在高中阶段常遇见这样的表白，奇怪的是，我那时就不相信。

然而新环境总是让人从心底产生惧怕，于是课间我总爱和一个爱说话的女生在一起。她总是不停地在说，滔滔不绝，分散我的注意力。学习比分科之前更加繁重，为了不坐以待毙，我们也尝试着浑水摸鱼。我的班主任是一个衣着保守的中年女教师，她看不惯所有的青春和靓丽，对班级里的女生有一种与生俱来的抵触情绪。她说："你看看你们，你、你、你，还有你！都什么样子啊？谁让你们穿成这样的？岂有此理！"

她说的不是我，她说的是班级里的另外一个女生，这个女生后来做了电视台的主持人，镜头前变得异常丰腴。那时她不，那时她还纤细如风中杨柳，爱穿成年女性的衣服。比如她常常一袭黑裙，配上黑色的网状丝袜，或是上身一件黑色小西装，下身一条黑色西服裙。她似乎从未穿过校服，哪怕是周一升旗。为了保持升旗的庄严感和荣誉感，主要还是不给学校添麻烦，老师一般不让她参加升旗仪式，校长对此也是眼睁眼闭。不过这并不影响她是除我之外班级里最受男生追捧的女生，我们都成为最不受老师待见的女生。

天气渐渐凉起来了，我的父母被请到了学校，老师对他们的态度不是很客气。在学校，父母是一个固定词组，一个不可分割的整体。学校是不管你的父母是琴瑟和谐，还是同床异梦，抑或是已经分居。实际上他们请去的只是我的父亲，他代表我母亲，忍受着班主任劈头盖脸的指责和批评。这让他很是愤怒，一路上脸色铁青。而让我暗自庆幸的是，我的母亲此刻不在合肥，她不知去了哪里。

这已经不是第一次了，历史上她曾无数次地缺席学校对她的"传讯"。应该说在我的学习和成长中，她一直都在缺席。对此她很不以为然，认为这没有什么了不起，多年以后她还振振有词，她说："你缺什么？你缺什么啊？妈妈3岁就没了母亲！"

这是她最常对我说的一句话，每当我或是我爸爸说我缺乏母爱时，她都说她3岁就没了母亲。我们当然不会愚蠢到直接说她没有给我母亲应有的关爱，我们只是委婉地、含而不露地表达出一种情绪。可我妈妈是什么人啊？她火眼金睛、洞若观火，能够捕捉到我们脸上任何一丝不满和不敬。不过她也懒得和我们计较——这是她的原话，她有很多事情。她尤其不屑于谈及我们班的男生，当然主要是那些跟在我身后的男生，她说："没有一个学习好的！"

是的，追我的男生学习都不怎么好，学习好的男生一般不大肯花时间去追女生，他们的时间都用来学习。可青春就是青春，过去了就过去了，逝去了就永远逝去。在一生中最美好的季节，难道不应该尽情挥霍吗？世界上有什么比得上短暂的、稍纵即逝的青春，以及短暂的、稍纵即逝的少男和少女！

我妈妈好朋友的女儿，考了全省文科第一。我妈妈说："你看看，你看看，姐姐有多么争气！"我背对着她，翻了一个白眼，不想就被她捉到，她马上借题发挥，大发雷霆。她说："妈妈读书的时候是没有男生追的，你呢？你看看你！"

我背对着她，翻了一个更大的白眼，小声嘀咕道："这有什么可骄傲的？"

她说："你说什么？你再说一遍！"我说："我没说什么，我在反省。"

高二就快结束了，很快就要进入更为惨烈的高考季。我们班从外地转来一个男生，高，并且挺拔，并且帅气。他一来就引起了我们班女生的注意，有很多女生围了上去。我是不会主动上前的，我低头坐在自己的座位上，无声无息。我妈妈不解道："毛姗有什么漂亮的呢？她只是文静！"毛姗是我的小名。她不懂，当周围的女生都张牙舞爪时，我的安静就最具杀伤力。对于总有人说我漂亮，或是说我长得不像她，我妈妈的反应复杂，不像她就是比她漂亮，她读书时因为长相常被男生们唾弃。我长大后，亲耳听见她的一个男闺密对她说："你知道你为什么学习好吗？你长成这样，只好去学习！"

有一个人给我妈妈打电话，是一个女的，显然不是我们班主任，因为没听见我妈妈虚伪的奉承声。我悄悄退回到自己的房间，把心放回肚子里。不一会儿就听见我妈妈换鞋，拿钥匙，然后是开门的声音。最好是出去吃饭，最好吃到很晚才回来，最好第二天早上我没起床时她就已经出门去。她最近在拍一部文化专题片，兴奋得跟打了鸡血似的。但她很快就回来了，一脸的怒气。她厉声问："这是怎么一回事？唵？你最好说说清楚！"又说，"你不要心存侥幸！"

是我同学的妈妈，当然是男同学的妈妈来找她，我同学离家出走了，他妈妈一着急，就找到了我家里。我不吭声，很生气。你也不问青红皂白，谁对谁错，一上来就把罪名安在我的头上，你还是不是我亲妈啊？我还是不是你亲生的？所以接下来，她越问我越不回答，越问我越有抵触情绪。其实完全不干我的事，我是受害者，很无辜的。在和男生相处时，我一向奉行被动主义，我那时就懂得和男生交往越主动越被动的道理。我因此从不主动和任何一个男生搭讪，也从不给任何一个男生留电话，更没和任何一个男生单独溜出去。我才不会给我们班主任留下任何一点把柄。所以就连我妈妈在训斥我时也不得不压制她的气急败坏，她说："虽然你不主动，但你也要注意！"

我注意什么呢？我哼了一声，从心里嗤之以鼻。

我的这个男同学，据说是因为我离家出走，现在他妈妈找上门来，提了一个无理要求。她说："你能不能让你女儿做我儿子的女朋友啊？暂时的，暂时的！"

可笑不可笑？这样的母亲！

后来我妈妈曾无数次说起过我这个男同学的妈妈，描述对方的浓妆艳抹和花枝招展给她带来的惊吓。"花蝴蝶似的，"我妈妈以她文学的语言形容说,"像是从旧社会出来的。"最奇葩的应该还是她对我妈妈说的这句话,她说:"我的儿子很娇惯,我就这么一个儿子,你无论如何要答应!"我妈妈说她气得当场笑了出来,并且她加重语气说:"你看看,你看看!追你的都是些什么人啊!"

就是那一次,我妈妈郑重向我提出我将来找男朋友的条件:一定要"家世清白",听见了吗?但什么是家世清白呢?标准是什么?这念头仿佛被她洞穿,她马上现身说法,说:"比如你的这个男同学,家世就很不清白,父亲在外面包二奶,母亲穿金戴银,还出面给读高二的儿子找女朋友,天哪!"她做出夸张的表情,"这是个什么人家?"

不过说归说,她还是催促我尽快联系上那个男生,让他赶快回家。"他妈妈也挺可怜的,怎么就活成一个怨妇了呢?"我妈妈颇为不解,最终的解释是因为不读书,所以只能把自己的人生依附在丈夫或孩子身上。"读书!读书!读书!知道读书的重要性了吧?"

马上就要面临高考,说什么都为时已晚了。而且相对于青春的忧伤和快乐,其他任何东西在我看来都微不足道,被高大帅气的男同学注目,感觉真好。每当这时我都会想,我妈妈上中学时是个什么样子呢?她有没有过少女时代,或是在被男生注目时,小心脏怦然一跳?

最后一次见到我那个离家出走的男同学,是在大一那年的冬天,我们约在我家小区下面的公交站牌见面。到的时候,雪飘起来了。是那个冬天的第一场雪，亮起来的路灯，将雪花染成暖黄。我安静地站着，等待他的出现，看雪花飘。高考之后他去了很远的地方，他当然没有考上大学。他曾用无数个虚拟的网络号码给我打来过无数个电话，接到它们，我再没有少女时代的心悸或心动。那些显示为河南、山东、辽宁、武汉等等来自天南地北的号码，传出同一个男人的声音，他变声了，声音低沉嘶哑。

我站着，站在原地，雪花飘着，我们已经长大。

(原载于《安徽散文·夏之卷》)

或者因为是白天，或者因为是夜晚

从我家阳台往楼下看，通往大路的小巷里有十二盏灯，加上两盏不亮的，一共是十四盏。

如果你抬起头来看天，一颗星星也没有。

我记起我去过的一个地方叫陈村。

那里有条河，河的上游建了水库，水库叫陈村。

河从村子中间直穿而过，两岸住着人家。一岸是平地，住的人多些；一岸是山地，只有星点的几户。村里的人出行大部分靠船，因为无论去哪里，第一站总是河下游的县城。去县城步行需要一个小时，划船可以节省一半时间。

我在几年前的这个时间里，坐过一个陌生人的船。

我们在岸边沿路而行，他从河上顺流而下，于是我们就在岸边喊:"让我们搭你的船吧,付钱给你!"

他慢慢地把船靠岸。是一个三十多岁的年轻人,他笑着说:"行啊。"

"给你多少钱呢?"

"看着给。"

小小的船,像是古画上的一叶扁舟,只可以坐四个人。坐进去就不敢动了,因为一动,河水就好像要漫进来。

于是我们拘谨地坐着这诗意的小船,去往下游的县城。船夫并不划,水流向下,顺势便可到达。

船行河中,陈村就从身边流过。一岸是磊磊怪石,上有峰峦;一岸是掩映在林中的人家,接续不断。

间或能闻到桂花的暗香。

此情此景,如果我是站在岸边的人,会觉得那村民该唱首渔歌才是。但是他并没有唱歌的意思,只是始终在船尾撑着一根竹竿。

他一直很憨厚地笑着。

"要是往回来就累一点……每天要划船接送女儿。"

"女儿多大啦?"

"小呢,在县里上幼儿园。"

我们坐着他的船去县城,而后又去他的家里吃饭。吃到了真正的农家菜,刚从河里捞上来的鱼,加点姜丝、酱油蒸一蒸,除了鲜味,没有别的味道。我开始是有点吃不惯的,总感觉有点少油没盐。男主人还特意去卤菜店买了板鸭,炒了几个菜,其中一个清炒萝卜丝,爽而鲜。

后来给了多少钱也忘记了，只记得我和妈妈去小卖部，给他上幼儿园的女儿买了一箱牛奶。

这个人姓什么也不知道，当时应该是问过的吧，过后也就不记得了。

不过他既然是陈村人，那么多半是姓陈。他家的厨房很干净，给钱的时候，他一副很不好意思的样子。

这是一个好人。

后来我们又到河上游去看水库，水库像个水泥砌成的变形金刚，巨大又冰冷，实在没什么好看。

水库下面也不好看，岸旁没有人家，没有桂花树，只有一片河滩，上面长着蓬蓬的芦苇。那芦苇非常高，颜色又非常白。起风的时候，它们的穗齐齐向一边倒去，因为风大，我担心它们会被折断。

这是《诗经》里说的"蒹葭"。

其实与我想象中的"所谓伊人，在水一方"的蒹葭完全不同，它们看起来像是没有生命，那种苍苍灰灰的颜色，枯草一样遍布暗黄的河滩。

可是我知道，它们是有生命的。

这样的场景或许有些凄凉。

陈村的夜，重的不只是颜色。

宾馆前面唯一的一条道路，是夜的分界线，当你跨过路旁的两排路灯时，黑暗就齐刷刷地把世界切成了两半。浓黑压下来，重得人喘不过气来。打开手电，一道圆形的光柱穿透黑夜，亮与暗之间，也被齐刷刷分割开来。

没有微亮，没有余光。手电筒的光，好像手术刀一样，锋利又冰冷地把夜划开一道口子，仿佛能听到唰的一声响。

于是我把手电关了，让夜依旧完好如初。

依旧完好的夜，会流血吗？

夜不流血，但不代表夜不活着。沉重、压抑、无尽的黑色，好像要拨开眼前的浓黑，才能够往前走一步。伸手出去，你看不见自己的手指，却能听到夜的呼吸。这夜色令人窒息。

还好，对岸山上，有人家亮着灯。

然而我并不打算涉河，去陌生人的家里寻找光亮，所以那光亮与我无涉。

这里的白天和黑夜，就这样齐刷刷被切开了。

它们是夜晚，还是白天？

或者是，或者不是；或者因为是白天，或者因为是夜晚。

而现在，现在是早晨六点，我家楼下的小巷里，十四盏灯全部熄灭。

天上依旧看不见星星。

不知道为什么，我在刚刚过去的夜晚，想起了几年前的陈村，在看惯了的万家灯火里，突然想起那晚的黑暗。

触目的黑夜没有生命，所以并不让人觉得恐惧，而遍地灯火，所以也感觉不到温暖。绝望之为虚妄，就如希望一样，我只怀念那位陈姓或者并非姓陈的朋友，和我搭过的那艘小船。

（原载于《红豆》2016年第8期，《散文选刊》2017年第2期转载，入选2018年《精短散文佳篇选粹》）

九段锦

磅礴古道第一关

匆忙在中午时分赶往婺源东北乡的虹关一线，是因为天气预报说明天有雨。

就有些着急。今年气候异常，还没出农历二月，婺源就下起了滂沱大雨。那是我首次进入婺源，那时我还不知道，此后我在婺源，还将多次遭遇暴雨天气。

然而天气实在是晴好，青山绿水间鼓荡着春天的气息。这个季节进入徽州，特别能够体会到"春风浩荡"四字的含义。当然是开车，若是能够像古人那样，沿旧时留下的古驿道徒步进入虹关，那该是多么心旷神怡！旅游大巴呼啸而过，通往虹关的现代公路依然蜿蜒，但已不再崎岖。好在天特别蓝，草特别青，路两边的山坳里站立着一树树杏和桃，静待花期。

这是 2016 年 3 月 19 日正午，大地春意盎然，远处飘来柴草燃烧的焦青气。很久没有闻到这样的味道了，它是那么遥远，又是那么熟悉。虹关村头的空地上早就停满了旅游大巴，我们只得把车停在很远的地方，然后徒步向村里走去。

这是一个古老的村落，徽州五千村，村村的历史都很古老。虹关于南宋建炎年间始有人烟，人家姓詹，此后发展为虹关大姓。南宋建炎年间，大约在公元 1127—1130 年。因为地处春秋时期吴楚两国划疆的浙岭南麓，即所谓"吴楚分源"之地，虹关自古被认为是婺源的北大门；又因古代徽州府至饶州府的主干道从村子中央穿过，向有"吴楚锁钥无双地，徽饶古道第一关"之名。村落初建时，有人"仰虹瑞紫气聚于阙里"，于是取名"虹关"，又名"虹瑞关"——"阙"是城阙或门阙，也是"虹关"中"关"字的来历。

然而进到村子里来，却一时找不到古村的感觉。著名的古樟树下挤满了游人和食客，很多人抢着拍照，闹腾得像开了锅！这株古樟的树龄，据称已有千年以上，树高 26 米，胸径 3.4 米，冠幅阔达 3 亩，被誉为"江南第一樟"。难怪古人有"下根磅礴达九渊，上枝摇荡凌云烟"之叹，气势确实不凡。据传民国间，虹关人詹佩弦收集古人吟诵此樟的诗文 50 余章，编印《古樟吟集》刊行，乡里一时传为美谈。

樟之为樟，是因为纹理之美："木理多文章，故谓之樟。"如徽州五千村，村村都很古老一样，徽州古村落，也几乎村村都有古树，或樟，或杉，或槠，树龄动辄几百年甚至上千年。有资料显示，婺源树龄最长的古樟树不是在虹关，而是在严田水口，据称已有1500多年，树高28米，胸径4.3米，有说10人可以合抱，有说16人方可合抱。所以"虹关樟"号称"江南第一樟"，而"严田樟"号称"天下第一樟"，都来争第一。旧时中国乡村，无论是南方还是北方，也无论是山区还是平原，古木老树都被民间目为"神树"，在缺医少药的年代，小孩子有个头疼脑热，大人们往往要来到古树下，点上几炷香，以祛灾驱邪。更有人家添了男丁，用红纸写上生辰八字，贴到古树上，祈愿保一生平安。而在皖北一带则是"挂红"——把大红布条挂在树枝上，上面写上祈福者的名字。我曾在亳州的华祖庵见过挂满了"红"的老树，那场景只能用"如火如荼"来形容。

其实除了村口的老樟树下，进到村子里以后，虹关还是安静。是下午两三点钟，阳春二三月，正是春气荡漾，天是徽州所独有的高天，墙是徽州所独有的马头墙，不由得你不沉溺其中。大二那年，学校里安排我们到西递写生，那是我第一次见到徽州老房子，它鲜明的风格和符号，强烈刺激了我的视觉。虹关先祖择地建村时，遵循了徽州传统的风水理念，取正南偏东5°—6°，坐北朝南。浙源水由东向西绕村而过，龙脉由五龙山逶迤而至，绵延几十里，形成"龙势"，所谓"龙来十里，气高一丈；龙来百里，气高十丈"，龙气在村落正中聚结。

和徽州其他所有的古村落一样，宗祠曾是虹关村最宏伟的建筑。旧时村中有詹姓总祠"詹氏宗祠"，为三进五间，八字门墙，五凤门楼，重檐歇山式建筑；各房还有支祠5座，称作"公祠"，

143

如守俭公祠、守信公祠等等。可惜的是,詹氏宗祠解放初期就改建成了虹关小学,5座公祠也都先后被改造成了民居,如今已荡然无存。虹关有别于其他徽州村落的建筑名叫"玉堂仙吏",又名"大厅屋",建于明中叶。因为明洪武年间,詹姓出了吏部尚书詹同,又出了吏部尚书加太子少保詹徽,所以"大厅屋"是仿宫殿式,建有"三步金阶"。太子太保是东宫负责教导太子的官职,简称"宫保",明清为正二品,其实只是一个荣誉称号,但地位很高,所以这幢绵延大屋分院、门、殿、廊、厢几个部分,头门正中悬挂"七叶衍祥"匾额,正堂悬挂"玉堂仙吏"匾额,正殿前梁悬挂"世天官"匾额。所谓"七叶衍祥",是指某人亲见"七世同堂",家庭和睦,得享天年。"叶"是"分枝散叶",子孙繁衍。"大厅屋"后来成为詹姓一族的议事场所,每年正月初一,全村男丁齐聚一堂,吃酒团拜;正月初二至正月十九,大屋正殿高挂宫灯和龙旗。一年中重大事宜和乡规民约的制定,均在这十八天内进行,俗称"十八会",所以它实际上还兼有了祠堂的功能。

虹关民居耸然而出者,多为制墨世家。虹关詹氏代有名家,以墨名于世。

关于徽州制墨,清代徽人余良弼有这样一首诗:

山前山后植松篁,亦有田畴插绿秧。
不是桃花流出洞,哪知此处墨研香。

余良弼是黟县廪贡生，作有《石墨岭竹枝词》8首，其中2首与墨有关，另外一首是：

入春花发杜鹃红，应是徐熙点缀工。
松使美名终不改，文人相赏古今同。

廪贡生是指以廪生资格而被选拔，升入京师国子监读书的成绩优异者。余良弼的《石墨岭竹枝词》，道出了徽墨生产与松料之间的关系。关于石墨岭，李白也有诗："磨尽石岭墨，浔阳钓赤鱼。霭峰尖似笔，堪画不堪书。"墨的优劣与松材有关，苏东坡曾感慨："徂徕无老松，易水无良工！"山东的老松都被砍光了，河北易水著名的墨工奚氏也去了徽州，苏老很愤怒！南唐河北易水制墨世家奚氏之后奚超，因避乱携子奚廷圭由北而南，定居歙县，此后易水制墨在徽州获得了空前发展。南唐后主由是赐以国姓，奚廷圭更名李廷圭，被封为墨务官。古人燃松取烟为墨，因此松材的好坏决定着烟料的品质。徽州古松为松中上上品，制墨业的说法是"松贵黄山"，徽墨为"墨中之最"即由此而来。

徽墨的产地主要集中于徽州所辖歙县、休宁和婺源三县，而婺源制墨又主要是在虹关。与歙休墨品以贡墨、御墨、文人墨为主流，格外追求"烟细胶清""隽雅绚丽"不同，虹关制墨注重实用，最具平民化和大众化特点。虹关墨的图案，也多选择民间喜爱的《朱子家训》、御赐金莲、鱼跃龙门、虎溪三笑、壶中日月、松鹤遐龄等等，易于老百姓接受，也易于广泛流传。明朝嘉靖、万历年间，岩寺程君房、方于鲁和呈坎罗小华三足鼎立，将徽墨推上历史巅峰，三者都是歙县人。罗小华以桐烟、漆烟入墨，程君房和方于鲁则以麝香、冰片、金箔、珍珠、玛瑙、公丁香入墨，走的都不是群众路线。休宁墨更是绚烂精美，饰金髹彩。程君房曾自诩"我墨百年之后可化黄金"，与他同时代的大书家董其昌则说："百年之后，无君房而有君房之墨；千年之后，无君房之墨而有君房之名。"——人家要的是千古流芳，万古留名！

而清代的婺源墨店，虽詹姓有上百家之多，但多数是为休歙两县的知名墨店提供原始烟料。据乾隆刊本《歙县志·食货志》："墨虽独工于歙，而点烟于婺源，捣制于绩溪人之手。"也就是说，婺源提供原始烟料，绩溪提供粗加工。婺源北乡重峦叠嶂，松林茂密，为徽墨生产提供了丰富的原料，而手工业代代相传的家族性，也容易形成家族经营的专一和传承。这也是婺源墨商集中于婺源北乡花桥、环川与虹关等村落的主要原因。这三个村落同属于北乡十四都，花桥在最北面，往南越过浙岭是环川，环川往南一里多路就是虹关，在地理空间上紧密相连。如果使用当代经济学术语，那么婺源北乡在制墨业上已经形成了一个"产业集群"。

在徽州，墨业同盐业、茶业、木业、典当业一样，都具有家族性。詹氏为婺源望族，主要分布于婺源北乡庐坑、岭脚、虹关、秋溪等几大村落，且源于共同的祖先。日本市河米庵所撰《米庵墨谈》三卷，成书于清嘉庆十七年（1812年），其中所载詹氏墨工十余家，以詹鸣岐为著。其记载，詹鸣岐墨曾远销东瀛。周绍良也曾购得"詹鸣岐墨"一铤，一侧楷书"詹鸣歧制"四字，镂字处微凹，涂以金地，发出闪闪蓝光，而形制朴实，雕镂浑茂，堪称佳品。

日本人似乎特别看重婺源制墨。日本著名古墨收藏家松井元泰曾远涉重洋来到婺源，向詹子云等名家请教制墨秘籍，并带回去大量婺墨。在其所作《古梅园墨谱跋》中，松井评价说："徽州官工素公、游元绍、詹子云，三子盖当代之名家。""素公"当指曹素功，明末清初歙县岩寺制墨高手。曹氏制墨，子孙相传，历十三代，绵延300余载，是我国制墨史上一位声名煊赫的人物。松井到中国来时，曹素功刚去世不久。另一位日本藏墨大家河氏朱庵，在其撰写的《朱庵谈墨》中，多处提及婺源墨工对日本制墨业的影响，盛赞婺墨"艺冠墨林，名重天下"。而《清代名墨谈丛》中说："婺源墨人大约在百家以上，仅虹关詹氏一姓就有八十多家，在数量上远远超过歙县、休宁造墨家，在徽墨中是一大派别。"

明清以降，詹氏墨家人才辈出，至清末民初仍不绝如缕，积攒了大量财富，墨品"销售二十三行省"。直到晚清时期，关于詹氏墨商的事迹，仍散见于各类报章和小说，1920年代上海墨工大罢工时，尚有婺源墨商2000余人。而这一从业规模，显然高于同时期的歙县和休宁。

阳光依然明亮，透过工艺繁复的雕花窗棂，给幽暗的老屋投下斑斓的光影。当年，很多在外埠打拼的墨工墨商，携重金荣归虹关故里，修祠修谱，建造深宅大院，就是我们今天看到的虑得堂、顾汝堂、留耕堂、玉映堂、玉鉴堂、棣芳堂、礼和堂、继志堂、六顺堂等等恢宏富丽的徽派建筑。棣芳堂詹氏后人，至今仍然保存着清代乾隆七年（1742年）至二十四年（1759年）经营徽墨的原始账本，是极为珍贵的文史资料；棣芳堂詹氏后人，也同样完好地保存着祖传的墨肆发货号牌。即使是今天，百多年时光过去了，虹关的沉沉大宅、幽幽深巷之间，仍然有缕缕墨香散发，尤其是在阳春二三月春气萌发的时候。

虹关村中有一条青石铺砌的古驿道，即著名的"徽饶古道"。虹关段"徽饶古道"由通济桥入村，经永济茶亭和大樟树穿村而过，出村经由宋村、段村，可以由西坑村直上浙岭。此刻，我就站在通济桥下，古道斑驳。浙源水正由东向西，沿古道一侧蜿蜒而入浙岭，夕阳衔山，徽山徽水如画一般鲜明着。浙源水，当地人称"鸿溪"，从我进村开始，就一直在我耳边潺潺。这趟到徽州来，我深刻地理解了什么是皖南，什么是皖北，什么是山地，什么是平原。徽州溪流和平原河流最大的不同，就是它的潺潺之声。平原上的河流多为深水静流，如长江，如淮河，即便"江流有声"，也一定是浊浪拍岸。

太阳渐渐西沉，柔和的余晖勾勒出徽派建筑参差的剪影。最后看一眼詹氏诸堂，我告别虹关，詹氏"大厅屋"隐在了层层叠叠的虹关深处，莫辨古今。

（原载于《时代文学》2016年第6期）

江南有苦楮

起得很早。

我入住的小客栈，是一幢新建成不久的农家小楼，深夜12点多还有散客入住，就很吵。住在隔壁的一对上海小夫妻似乎第一次到婺源来，特别兴奋，一直到天亮，都在不停地说啊说。是昨天的下傍晚到的，天空亦晴亦雨，是江南独有的气象，我一个人前往婺北，进入清华镇时，暮色已经涌上来了。清华位于星江上游，鄣公山南麓，唐开元二十八年（740年）始建婺源县，县治就设在清华，已有1000多年的历史。清华得名于"清溪萦绕，华照生辉"，想来初阳升起的一刻，无限美好。

和其他所有的徽州古镇一样，清华也有一条老街，窄且悠长，两边是粉墙黛瓦的徽派建筑，一种强烈而鲜明的视觉符号。

因持续发酵的旅游热,老街的居民正在争相翻新自己的老屋或建造新屋,然后挂上客栈的牌子——客栈的名字,都很古雅。特为到婺北的清华来,是要拜谒朱熹手植的一株老树,要知道,在整个婺源县境,有关朱熹的遗迹都已经不多了。晚饭前的时光,街上几乎没有行人,相比较江村、篁岭、晓起、汪口等等大热的旅游景点,清华显然有些冷清了。"来找一棵树?"人们很惊诧,"找它干什么?"他们用狐疑的眼光打量我。然而从镇东到镇西,从老街到新街,问了很多人,都说不知道有这么一棵树。我很困惑,在婺源县城,明明有人告诉我说,清华镇有一株与朱熹有关的老树,怎么就没人知道了呢?

街灯渐次明亮,小镇的灯火,似乎更像灯火。城市的夜晚,因为灯火通明,缺失了夜的意味,有些地方,比如CBD、万达广场等等,甚至和白昼差不多。所以城市的星空也不如乡村璀璨,更没有所谓的辽阔。小镇的清晨会是什么样呢?在隔壁的沪上私语中,我迷迷糊糊地睡去了。

清华的清晨,没有我所期待的星江日出,江边的柳冠上,有晨雾缭绕。然杨柳依依,流水潺潺,有妇人在河埠头洗涤,岁月静好。

婺源旅游,最热的是婺北旅游,思溪、延村、长滩、严田古村、彩虹老桥、虹关、吴楚古道、大鄣山峡谷等等,都在城北一线,所以春季的婺北,和春潮一起不期而至的,是汹涌的人潮。没想到婺北的清华居然如此安静,徜徉江边,感觉好极了。后来,太阳就跃出了地平线,镇子一下子明亮起来,远山如染,近山如黛，河滩上草色青青，河面上有粼粼波光闪耀。镇子那头的老街，开始有喧腾的声响传来，旅游团的大队人马，到了。

　　据说历史上的清华老街绵延5里，这在岳飞的《花桥》诗中有所描述："上下街连五里遥，青帘酒肆接花桥。十年征战风光别，满地芊芊草色娇。"但也有人说，岳诗所写"花桥"，并非清华老街，而是婺源县赋春镇甲路乡甲路村，昔日甲路有石桥一座，东西两边各有一条长街，街上饭庄、酒肆接连，甚是热闹。赋春镇位于婺源县西南乡，东毗中云镇，南邻许村镇，我刚刚去过。甲路村的凉亭，至今保存着岳诗的真迹，所以《花桥》到底是写哪里？我糊涂了。而且他为什么要把石桥写成"花桥"呢？是因为石桥的护栏上雕满了花朵？

　　据说这是南宋绍兴元年（1131年），岳飞在征战途中路过甲路时写下的一首诗。岳飞于绍兴元年至绍兴三年，先后平定了游寇李成、张用、曹成和吉州、虔州的叛乱，绍兴四年又收复了陷于伪齐政权的襄阳六郡，正是声名煊赫之时。他从武昌渡江北上，重返抗金战场时，曾对幕僚放言道："飞不擒贼帅，复旧境，不涉此江！"就是在这期间他途经婺源，所以读他的《花桥》诗，字里行间很是意气飞扬。尽管岳诗所写不是清华的老街花桥，但清华老街依然人如潮涌。有资料显示，清华老街是婺源一条最长的老街，历史可一直追溯到唐代——比岳飞的年代要早多了。过去清华老街号称"五里长街"，就是现存的青石街巷也仍有3里多长，两边俱为清代建筑。据说当年的老街下街有很多家瓷器店，三五步一个窑货铺，而上街多为百货店、南货庄、茶叶店或客栈,处处青帘酒肆,从这一点上看,又与岳诗有很多地方相契合。而且当地人称"彩虹桥"为"上街桥",称另一座桥为"下街桥",不是更加印证了岳飞"上下街连五里遥,青帘酒肆接花桥"的诗句吗?

因为一直找不到那棵与朱熹有关的树,我有些焦躁。是樟树?杉树?银杏树?问我,我也说不知道。"那就没法找了!"镇上的人说。又进了很多铺子,问了很多人,仍然没有人说得清楚,小吃铺老板不高兴道:"你一大早跑了来,就为了找一棵树?这不是耽误我做生意吗!"

我发现,在朱熹的家乡婺源,除了少数乡村文化人,已经很少有人知道他了。而且若不是为了吸引游客,岳飞的诗也未必有人知道。生活一天天变化,普通人的日子充满了琐屑和辛劳。没有人知道朱熹,这也很正常,毕竟对于老百姓来说,柴米油盐比几百年前的朱夫子更加重要。这么一想,我也就释然了。然而却不死心,继续走走停停,寻寻觅觅,希望能找到点什么。这是清华呢,1000多年前的县治所在地呢,就什么都没有了?我拦住一位老人,让他想一想,在清华,是不是有一棵什么树,和什么人有关呢?或者和历史……

"噢,知道了!"老人不待我说完,突然大声道,"你说的莫不是那棵苦槠树?嗐!你也不早说!"

重新回到了镇东,回到了此前两次路过的一扇大门前,辗转找到了守门人,总算把大门打开了。一眼就看见了那棵树,郁郁葱葱,兀自沧桑,几乎覆盖了大半个院落。树身的标牌上写有这样的文字：树高约19米，胸径2.47米，冠幅15平方米，壳斗目壳斗科。但我来不及接纳这些植物学意义上的文字，因为我瞬间感受到了它苍劲的覆盖——似乎整个院落，都充满了它的呼吸，和泼墨一般浓重的苍青色。

是苦槠，这是一个陌生的树种，之前它从未在我的视野中出现过。

不过它和朱熹无关，它比朱熹要早得多。

唐开元二十八年（740年），婺源历史上这个反复出现的年份，又出现了。据婺源相关的史志记载，这一年婺源建县，治所设于清华镇，县衙为胡氏宗祠所改建的。那时祠堂的大门前，就站立着这株苦槠树。不管它那时多高多大，至少在大约1300年前，它就已经存在了。作为婺源建县的标志，这株"唐代苦槠"，见证了婺源出现在中国历史上的那一刻，它真的是一株非凡的树。

苦槠的花期在每年5月，10月果实成熟，坚果呈深褐色。苦槠是不能直接食用的，通常要在太阳下暴晒，待果壳崩裂后，露出坚硬的白色果肉。之后要用清水浸泡，再磨成"苦槠浆"，倒入铁锅，旺火，边加水边搅拌，直到凝结成胶状。这就是传说中的"苦槠豆腐"，之前我曾多次听说过。"苦槠豆腐"原是贫瘠山区对粮食短缺的一种补充，近年来因其纯天然，在旅游餐桌上持续"发烧"。

然则为什么叫"苦槠"呢？是因为它的"籽实"略带苦涩吗？在植物学上，它的名字就叫"槠"，并未加上"苦"这一形

153

容词。北方农村也有一种树,叫作"苦楝",植物学名就叫"楝",但老百姓就叫它"苦楝",是不是因为日子过得太苦了?这让我想起了《呼啸山庄》里的一句话:生活就是含辛茹苦。与苦槠相对的是甜槠,同属壳斗科,似乎是生长在岭南的常绿大乔木。甜槠的果实叫甜槠子,霜后坠地,在福建邵武、泰宁一带,"以其子为果品,磨之作冻",想来也如"苦槠豆腐"。但甜槠是可以生吃的,其味甘甜;加盐炒熟后如北方的瓜子,是客家人冬闲时的零嘴;而磨粉蒸糕,是极有特色的地方小吃。

据说苦槠是江南的特有树种,号称标志南北的"分界树",而到了江北就无法存活。它的寿命特别长久,叶子特别绿,也就特别能抗氧化,在江南的低山丘陵间,千年以上的苦槠触目皆是,不仅仅是眼前的这一株。院落里空无一人,槠冠上缭绕着晨雾。当年,当它的生命第一次昂扬在胡氏宗祠的大门前时,它并不知道自己能够站立多久。而今天,大约1300年过去了,胡氏宗祠早已荡然无存,它却仍然枝繁叶茂。

徽州的胡氏异常复杂,外人根本搞不清楚。蔡元培先生曾在胡适《中国哲学史大纲》序言中说:"适之先生生于世传'汉学'的绩溪胡氏,禀有'汉学'的遗传性。"胡适后来纠正了这一说法,声明他与绩溪18世纪以来以"汉学"闻名的书香望族、著名学者胡培翚并不同宗。资料显示,仅绩溪胡氏就有4支,分4次迁入徽州,因此又有"金紫胡、明经胡、遵义胡、尚书胡"之分。"汉学"又称"三胡礼学",是清乾嘉年间绩溪金紫胡氏一支经学流派,以胡匡衷、胡秉虔、胡培翚为代表,因精于"三礼",世人尊为"三胡礼学"。清华胡氏属于他们中的哪一支呢？抑或哪一支也不是，而是属于另外的胡氏宗族？

院子里仍然空无一人，墙上挂着"婺源县财政局清华财政所"的牌子，因为是星期天，办公室的门都上了锁。唯有那株苦槠孑然独立，在太阳下显出苍黑的颜色。婺源有很多古木老树，无不经历了数百年风雨，以它们的坚强与柔弱，洞穿人间岁月。

进镇的旅游大巴越来越多，人声越来越喧闹。都是奔着镇子那头的彩虹桥去的，而历史上，彩虹桥名叫"上街桥"。没有人知道这株老树，没有人知道唐代官署，没有人知道这里曾经来过多少人，发生过多少事，没有人知道在2016年4月的一个早晨，我对这株树的寻找。

江南有苦槠，千载也寂寥。

（原载于《广西文学》2017年第7期，入选漓江出版社《2017中国年度精短散文》）

扣槃而行

前往考水的路上,有"扣槃而行"的欢欣。

"扣槃而行"是《诗经》里的境界。《诗经·考槃》为我们描述了这样的情景:

> 考槃在涧,硕人之宽。独寐寤言,永矢弗谖。
> 考槃在阿,硕人之薖。独寐寤歌,永矢弗过。
> 考槃在陆,硕人之轴。独寐寤宿,永矢弗告。

这是一首关于卫地隐者的歌谣,"考"是"扣击"的意思,"槃"是古代的一种乐器。"卫"是周王朝分封的姬姓诸侯国,疆域大致在今黄河以北的河南濮阳、河北邯郸、山东聊城一带,是历史上存在时间最长的周代诸侯国，共计立国907年，传41君。卫曾先后建都于朝歌、楚丘、帝丘、野王，但我只知道朝歌一地，因为这两个字曾多次出现于中国的典籍中。

《诗经·考槃》中的"硕人"，是一个身材高大、品行高洁的美男子，无论是在水涧、在山阿、在原野，他都自由而快乐地"扣槃而行"。真是令人向往啊！我因此迫切地希望，自己能够实地考察一下与此有关的考水村。春风又作十日晴。前一天的傍晚，刚刚下过一场小雨，草木吸足了水分，春阳之下，茶园分外娇娆，田野分外葱茏，空气分外清新。我发现，田野调查不仅能够给我带来意外的收获，也能带来意外的快乐，用时下的话来说，就是"接地气"。古人"击铎乡间"，采风闾里，想必也是这样的心情？

然则为什么没有看见有河流环绕呢？不是应该有一条名叫"考水"的小河或小溪，从村边或是村中流过去？这么想着，我们已经进到了村里。

这是一个四围青山的村落：东有玛瑙峰，南有南峰尖，西有汪禺尖，北有珊瑚峰。这还是一个三环流水的村落：源出黄荆尖的一条清溪，由东北而西南，在村东一带婉转入村，汇凤形山、龙形山、虎形山中流出的多条小溪，成宽10多米的河流，而后环村绕户，潺潺流出村去。而考水就坐落在河流的南岸，村基为铜锣形，中央为盆地。徽州的村子都有一定的"形制"，或如八卦，或如航船，或如卧牛，是出于风水的考虑。临水筑有多处"溪埠"，隔上三五步就有妇女在河上浣衣，或是汰米——徽州方言，真的很古老哦。

有趣的是，在当地，这条河流既不叫考水，也不叫考川，而是叫"槃水"，就很有些古意了。村中的文化人告诉我，在胡昌翼出现之前，考水是一个没有名字的小村子："胡昌翼，听没听说过？"

这我当然知道，来之前我做足了功课。这是一个被无数代"明经胡氏"无数次讲述过的家族往事，在我进入考水的那一刻，它再次复活。

那是唐昭宗天复三年（903年），宣武节度使朱全忠部将韩建，尽斩李唐诸王于十六宅，昭宗无奈，只得将怀有身孕的淑妃何氏立为皇后。此后不久，朱全忠杀宰相崔胤，劫持唐昭宗李晔，自西京长安迁都东都洛阳。但网上给出的资料，却为乾宁四年（897年）与史实严重不符，肯定错了。这朱全忠原名朱温，安徽砀山人，原为追随黄巢的起义军将领，叛降李唐王朝后，赐名朱全忠。先是授宣武节度使，不久又因镇压黄巢起义有功，封为东平王。正是秋雨秋风，秋气渐深时候，昭宗李晔一路上凄凄惶惶，一夕数惊。第二年三月，在途经陕州时，何皇后产下了一名男婴。昭宗深知此去凶多吉少，就将刚出生的皇子偷偷托付给了贴身侍卫胡清。胡清为徽州婺源人，行三，人称胡三。不等接过婴儿，胡三已经泪流满面了。

今天，我们已经无法再现当日的仓皇和凶险。总之胡三一路风餐露宿，历尽千难万险，将这个孩子带回到家乡婺源。因徽州素有"十胡九汪"之谓，遂改胡姓，名昌翼，以隐身于众胡之中，掩人耳目。果然，胡三逃出后不久，朱全忠即下令将昭宗身边 2000 名侍卫全部杀害，接着又杀了昭宗，于是"胡昌翼"成为李唐王朝留在人世间的唯一后人。

也是从这时起，李唐王朝正式覆灭，中国历史进入纷乱的五代十国时期。朱全忠灭唐后所建后梁，是五代十国第一个王朝，也是中原五个王朝中最小的一个，辖地仅占今河南、山东两省，陕西、湖北大部，河北、宁夏、山西、江苏、安徽等省的一部分。历史的诡异之处在于，后梁王朝仅存在了短短 17 年，即被后唐所取代，梁太祖朱温也被自己的第三个儿子朱友圭所杀。而隐姓埋名的胡昌翼，则度过了人生的危险期，于后唐同光三年（925 年），21 岁那年，以第二名进士金榜题名。

直到这时，义父胡三公才"授以御衣瑶玩"，讲述了他的身世和真实身份。

我想那一刻，胡昌翼一定是受到了极大的震动，这才促成了他最终选择"隐居考川"的"不仕"人生。他此后果真耕读于乡里，讲经于书院，怀古于幽谷，交游于僻野，远离仕途与朝政。当然，他的身份不久也就被人知道了，乡下也没什么避讳，纷纷尊他为"太子"，他在二十四都朱源溪上架的木桥，乡人就直呼为"太子桥"。胡昌翼"倡明经学，为世儒宗，尤邃于《易》"，著有《周易传注》三卷、《周易解微》三卷、《易传摘疑》一卷，被世人尊为"明经翁"。其后子孙世以经学传承，署其族曰"明经胡"。

这就是"明经胡氏"的来历了。

当胡三公带着襁褓中的胡昌翼潜回到考水村时，考水并不叫考水，那时的考水，也许有名字，也许没有名字。是长大成人后的胡昌翼，"无意于仕"的胡昌翼，取《诗经》之意，为自己的村庄取名"考水"，以表达自己终老乡野、潜心向学的心志。然而这些都不重要了，重要的是"考水胡氏"从此进入了历史，进入了皇皇万卷的中国学术史册。想来在某个清晨或黄昏，胡昌翼一定以复沓的方式，反复吟咏过《诗经·考槃》里那音节优美的诗句，他清朗的"北音"、行不由径的步态，也一定为这座村庄，渲染出自由而快乐的气氛。但他说的是北方话吗？他进入徽州时还在襁褓之中。我为自己无端的想象发笑。穿过村口的牌楼，是"维新桥"，取《诗经·大雅·文王》"周虽旧邦，其命维新"之意，始建年代不详，但距清康熙十七年（1678年）重建也有300多年的历史了。此为考水的门户，单孔石拱，最能传达出中国传统审美的意韵。由于三面临水，槃水之上多桥，有名的有迎恩桥、四封桥、书院桥、步云桥等等，俱是石桥或木桥。其中位于北钥门外的四封桥，很有些来历：明代，尚书潘潢、副使方舟的母亲，金宪潘选、参政潘钊的妻子，都是考水胡氏女，这座桥就是她们共同捐资兴建的，因此取名"四封"。"封"是加封诰命夫人的意思，在封建社会，这是很高的荣耀。进到村里，有三条石板街，即前街、中街和后街，据说三条街的风水大不相同：前街出大富，中街出高官，后街则多为芸芸众生。进士第、文昌阁、郡马楼、文笔台等等显示一个村庄的历史和人文的宗族性建筑，全都集中在中街之上，据村史记载，清乾隆年间，中街的宅基暴涨到1000大洋一亩。鳞鳞鸳瓦，参差高墙，清一色的官宦人家。所谓"上海道一颗印，还不及考水中街一封信"，就是形容中街官宦人家的权势之大。上海道虽只是个四品官，但任满之后，大都能升为正三品按察司或从二品布政司，也有直接升任巡抚甚至总督兼理海关事务的，那就是正一品了！而且从雍正年起，上海道兼理海关关务，其所辖吴淞、浏河、七丫、白茆、徐六泾、福山、黄田、澜港、黄家港、孟河、任家港、吕四、小海口、石庄、施翘河、新开河、当沙头、潆阙等18海口，日进斗金。鸦片战争之后，上海道又增设了会丈局、洋务局、会审公廨、巡防保甲局、船捐捕盗局、改过局等办事机构，以办理地方外交，从事洋务活动。

然则考水中街的权势，究竟有多大呢？可以压得过上海道？而这有权有势的，又是什么人家？

没有任何记载，也没有留下任何线索。除了这句民谣，我们无法获得任何信息和资料。岁月总是无情，几百年风雨侵染，中街的深宅大院和前街的亭台楼榭，大部分已毁坏，只能从凋敝的粉墙黛瓦，从黯淡了的雕梁画栋上，依稀可见当日的繁华。前街保存较为完好的古建筑，仅剩下一座敦本堂。乡土中国，以耕读为本，所以广袤的徽州乡村，有很多宗族以"敦本堂"或"务本堂"为堂号。考水敦本堂的规制一如徽州宗祠，八字门坊，水磨青砖，门罩下有精美的砖雕图案，但在"文革"期间遭到了破坏，有些模糊不清。胡氏子孙"世以经学传"，仅宋元期间，明经胡氏就出了七位经学家，被誉为"七哲名家"：八世祖胡伸、十二世祖胡方平、十三世祖胡斗元、十三世祖胡次炎、十三世祖胡一桂、十四世祖胡炳文、十五世祖胡默。八世祖胡伸，历史上曾被尊为"江左二宝"之一，是缘自《宋史》的记载："时胡伸亦以文名，人为之语曰：'江左二宝，胡伸、汪藻。'"汪藻是活跃在北宋末年、南宋初年的文学家，饶州德兴人，祖籍也是婺源。宋徽宗嗜古好事，亲制《君臣庆会阁诗》，群臣献诗，汪藻独领风骚，与胡伸俱有文名，时称"江左二宝"。汪藻诗作多触及时事，如"百年淮海地，回首复成非""只今衰泪眼，那得向君开"等，郁愤至深，寄兴沉远，颇似老杜风貌。胡伸诗文则遍查网络而不得，但能够与汪藻齐名，想来也应该不错。

胡昌翼卒于宋咸平己亥（999年）十月三日，享年九十有六。他就葬在考水村左近的黄杜坞，俗称"明经湾"。墓地坐北朝南，群山围拱，晨昏有云气缭绕。当地人直呼"太子墓"，因墓顶绘有太极图，又称"八卦墓"，墓前石碑上镌"三延并茂"的字样。经当地人解释才知，胡昌翼育有三子，分别名为延进、延宾、延臻，"三延并茂"是后世永祚、子孙繁茂的意思。

然而我真正想寻访的，是明经书院旧址。出考水村往东北方向，有一片几乎分辨不出轮廓的残垣断壁，那是曾经名重东南的明经书院。当初，这片瓦砾之上建有大成殿、会讲堂、书斋、塾堂、斋舍等殿落200余间。在元、明、清三朝，它是那么声名煊赫，而今天，那些层楼叠宇，包括皇帝亲赐的御书金匾，都到哪里去了呢？

远处的油菜花田，大海一般起伏跌宕，春光明媚如昨。时近正午，暑气浮荡，野草越发蓬勃，散发出一股股逼人的热浪。废墟后面，通往休宁的古驿道，已经完全淹没在没膝的蒿丛中了，一同隐没其间的，还有那些古代书生的背影。世人多关注徽州古道与徽州商人的关系，却忽略了它与徽州学子的关系。古代婺源的读书人，多是沿着徽饶古驿道，前往徽州府城科考，最终走上读书入仕的道路。陪同的同志指给我看，考水左近有两条古道：一曰"小岭"，通往岭下村；一曰"大岭"，通往太子桥。所谓"小岭""大岭"，都是当地俗称。岭下村属于浙源乡，是婺源的北大门，而太子桥位于徽饶古道上，距离县城紫阳镇大约10里的路程。与徽杭古道的沿壁而上，沿壁而下，盘旋于崇山峻岭之间不同，徽饶古道多是蜿蜒迂回于村落之间，婺源北乡几乎村村沿古道而建，户户傍古道而开。徽饶古道也不那么壁立千尺，而是穿村绕户，而后渐行渐远，最终隐没于田野和山林。行走在徽饶古道上，春天，有蓦然出现的大片大片油菜花，明艳如染；秋天，有蓦然出现的大片大片野菊花，灿烂如金。当年有多少学子，沿明经书院后面的"小岭"和"大岭"，前往婺源县城和徽州府城，参加最初一级的县试和府试？有多少人艰难地往返于这些崎岖的小道上，追逐自己的科举梦？又有多少人，最终实现了自己的梦想？

站在明经书院的废墟之上，我很是迷茫。

明经书院首任山长胡炳文，学术以朱子为宗，著有《诗集解》《书集解》《春秋集解》《杂礼纂述》《大学指掌图》《五经会义》《尔雅韵语》《启蒙五赞释》《四书辨疑》等。他的著述仅收入《四库全书》的,就有《四书通》28卷、《云峰集》10卷、《周易本义通释》12卷。在致大畈学者汪宗臣的书信中,他说:"炳文年将八十,诗书未曾顷刻释手,自笑头如雪,而读书之眼犹如月也。"字里行间,透着幽默。他一生涉猎了很多文体,有古近体赋、书、论、记、序、题跋、字说、碑、传、墓志铭、上梁文、启、箴、铭、辞、诗等,收录于《云峰集》20卷,但因兵乱毁散,尚存10卷,可惜了。我更感兴趣的,是他在文学上的成就。其杂文平正醇雅,没有宋人语录皆入笔墨之陋习;其诗极富雅训,如赞咏婺源"星源八景"之《廖坞鹤烟》,构思别致,文辞跳跃,一点也不酸腐:

一弘香泉流不涸,一洞幽花自开落。
夜半月明松上声,知公乘云下寥廓。
公去不知几何年,公归犹认丹炉烟。
炉烟已冷春风暄,花流洞口泉涓涓。

他病逝于元统元年(1333年),终年83岁,算是高寿。太阳渐渐西沉,明经书院的旧址之上,蒿草遍地,野花点点,一路到天边。人世间的沧海桑田,总是以一种不经意的方式呈现,让人徒生感慨。

然而"考水胡氏"还在,山长胡炳文也在,因为隐约间我听见,澎湃的草木气息中,传出了古代士子们的读书声。

于是夕阳之下，捡一片瓦砾，作"扣槃而行"。

大欢欣。

（原载于《西部》2017年第3期）

晓看绿波到洞庭

进入晓起的那一天，阳光灿烂。

晓起是婺源一个古老的村落，村名很有诗意。徽州五千村，很少像平原上的村落那样，张村李村、丁楼王楼、陈疃宋疃，潦草地为村庄命名。徽州的村名都很有文化，比如"晓起"：那该是拂晓时分，天边露出鱼肚白，霞光隐在云层之后，等待着喷薄而出的时机。对，就是这样的时候，这样的情境，一个颠簸了数百里、风餐露宿了数十天的家族，来到了这里。这时家族的当家人汪万五发现自己身处一片溪谷之中，河水清澈，古木森森，草木繁茂，露珠晶莹。他突然就不想再走了，他想还往哪里去呢？万丈霞光，即将照亮川谷，于是留下来，将此地取名"晓起"。

太有诗意。

是在连日的阴雨之后，云格外白，天格外蓝，山格外绿。那时我并不知道晓起是两个上下相连的村子，更不知道它们之间的区别。

那不同几乎是天壤之别。

最先进去的是下晓起，迎面而来的，是一条徽州旅游最常见的商业街。一样是琳琅满目的旅游小商品，一样是吵吵嚷嚷的旅游团队，一样是导游声嘶力竭的呐喊。然而并不让人生厌，因为店铺主人们的脸上，没有那种让人望而生畏的"热盼"。游人走近了，他们既不热脸相迎，也不冷眼相送，你买就买，不买就不买。尤其是他们的脸上，看上去都很干净，仿佛乡村的岁月。

这在我此前去过的婺源村落中，并不多见。

商业街上，触目皆是皇菊和野菊，在幽暗的铺子里，黄灿灿耀眼。

据说皇菊成为晓起的特产，和这里的一个大人物有关。清光绪年间，两淮盐运使江人镜告老还乡，临行时皇帝赐他千两黄金，被他婉言谢绝。他只想要皇家花园里的黄菊花，带回老家婺源栽植，仿晋人陶渊明的"采菊东篱下，悠然见南山"。没有想到的是，婺源的气候水土与黄菊十分相宜，当年栽下的黄菊，秋季散发出一种异香，冲泡后汤色金黄，回味甘甜。江人镜于是派专人进京朝贡，光绪皇帝给了"香清甘甜"四字考语，赐名"皇菊"。当然有很多传说的成分，光绪年间，光绪没有"赐金千两"的权力，朝廷也没有了"赐金千两"的财力，江人镜也没有回到家乡颐养天年，他自光绪十六年（1890年）任两淮盐运使后，便一直在扬州定居。他本意也是想回婺源养老的,可惜没有等到衣锦还乡,就病逝于扬州,享年 77 岁。"知道他为什么活这么大岁数吗?就是因为喝皇菊!"女店主言之凿凿,向我介绍皇菊的功用,说是能够降血压、消除癌细胞、扩张冠状动脉和抑制细菌滋生,长期饮用可以增加人体钙质、调节心肌功能、降低胆固醇——特别适合中老年人饮用。看我还年轻,她有些不好意思,笑着补充道:"你可以孝敬你父母啊,他们一定高兴!"

我当然不会仅听她的鼓惑就掏腰包,但此菊的特点是体积大、色金黄、花形好、呈球状,冲泡后在杯中翻滚如绣球,确能激发我的购买欲。我决定买一点,因与掌管钱财的家人走散,在女店主的提示下,用微信红包的方式,脸对脸把钱发了过去。

互联网遍布中国城乡,微信改变了我们。

买了皇菊,也就没有什么可以流连,于是几经蜿蜒曲折,出巷口去往上晓起。用今天的眼光看,距婺源县城 45 千米的晓起村是个偏远的村落,但在古代,因为段莘水和晓起水在此处交汇,交通十分便利。很多名人如李商隐、文天祥等等,都曾在这里逗留,李商隐和文天祥,还都写有《晓起》诗。而引起我兴趣的,是清代著名画家恽格的《晓起》:

连夜深山雨,春光应未多。
晓看洲上草,绿到洞庭波。

霞云满天,绿草连绵,遥接洞庭万顷波涛,那该是多么蓬勃，多么富有诗情画意。恽格为"清初六家"之一，开创了"没骨花卉"的独特画风，为常州画派开山鼻祖。他一生处在民族矛盾异常尖锐的时期，少年时师从伯父学画，青年时参加抗清义军，家破人亡之后又做了俘虏。然他的画画风秀逸，设色净明，格调清雅，号称"恽体"。他是什么时候，在什么情况下来到这里的呢？我们今天已经无法知道了。很多年过去了，发生了很多事，很多人来过这个世界，很多人死去了。过往的一切，都湮没在了历史的尘埃之中。我们也同样不知道，文天祥在什么情形下来到晓起，写下了"远寺鸣金铎，疏窗试宝熏。秋声江一片，曙影月三分"的诗句。

今天，在晓起村的旅游宣传册中，这些句子作为旅游亮点被反复渲染，但人们似乎并不关心。

前往上晓起的道路，是一条明清时期的古驿道，方志里称作"婺休道"，青石铺就，一庹多宽。这在旧时称作"官道"，是明清时期休歙盆地通往婺源县城的主干道，皖南出产的茶叶、山货，通过这条古道，经婺源的星江，顺乐平县的乐安河，出鄱阳湖进入长江，再运往全国各地。青石板上有着深深的沟回，那是一代又一代的车辆碾出的车辙。段莘水由东北向西南缓缓流淌，古道随河流蜿蜒，最终隐没于远处的大山。油菜花已然开放，在路两旁星星点点地亮着。宋人有句"到蔷薇春已归去"，到油菜花黄，也差不多就到暮春时节了。能感到暮春的气息，少了清新，多了浓郁。去往上晓起的路上，没有什么游客，偶有行人，多是从上晓起下来的村民。是妇女就围着围兜，背着背篓，看样子是上山采茶，或是从山上采茶回来；是男人就骑着摩托车，从游人的身边呼啸而去。奇怪，如此狭窄颠簸的路面，他们居然如履平地。古驿道有古驿道的风貌，石上隐约有岁月的流光，幽深、沉稳、安静。即便是在游人如织的地方，它也远在尘世之外，与市井的繁嚣相疏离。

人迹渐渐稀少，接近上晓起时，居然已经寥寥无几。一对青年恋人迎面走来，对我抱怨说没有什么可看的。然而在以晓起为目标的田野考察中，上晓起才是我真正的目的地。

在婺源的诸多村落中，晓起是比较特别的一个：两个村落，相依相傍于同一条河流，叫着同一个名字，相距仅1里。为了区分，人们只得把位于上游的叫作"上晓起"，把位于下游的叫作"下晓起"。经几代繁衍，分枝散叶，渐成上下两个自然村落：上晓起以江姓为主，多读书入仕；下晓起以汪姓为主，多以商贾为业。由此造成了上下晓起不同的风貌、不同的气息。

与下晓起相比，上晓起有些世外桃源的味道。这里的海拔，已在500米以上，村落坐北朝南，北倚后龙山，南向笔架峰，东倚象山，西傍狮山，正暗合中国古代所谓"左青龙，右白虎，前朱雀，后玄武"的格局。村头的水口古木繁茂，溪水清浅，鸭和鹅们结队而来，悠闲得很。古代的河流交通被现代的公路交通取代之后，上晓起变得日渐封闭，村庄的原生状态反而得以保留，即便是"大跃进"中的"大炼钢铁"，这里的森林也没有遭到毁坏。这真是不幸中的万幸，所以上晓起周遭遍布数百年甚至上千年的古木，后龙山上的一株古樟树，据称已有1800余年树龄。

和下晓起的繁闹相比，上晓起真的很安静。看见有游人进来，犬们也并不狂吠，只在你经过的时候，发出低沉的呜呜。时辰已近正午，天空有云朵停伫，倒映在河中，一川流水斑斓如云。三五老人坐成一排，在廊下歇息，看见有人走过，也只是安静地看着，并不招呼一声。

皖南与皖北、山区和平原，真的有很大不同。虽然婺源早已划归江西，但从民俗单元上说，我依然把它纳入古徽州的版图。文化与习俗，不因王朝易替、行政区划而改变，它仿佛一条河流，从很远很远的地方流来，又向很远很远的地方流去。在皖北，在平原，如果有一个外人进到村子里去，全村的人都会拥上来，争相和你打招呼——招呼你进屋喝水，或是吃饭，问你从哪里来、到哪里去。但在徽州，我走过很多村子，村里人大都很警觉，和我保持着相当的距离。这可能与徽州历史上男人多外出经商，家中多是妇孺有关系。今天的婺源乡村也仍然少有年轻人，只在旅游已成支柱产业的村落，才会有一些年轻人出现在村头的停车场上，大声吆喝，招揽生意。

和其他所有的徽州古村落一样，上晓起也都是徽派建筑风格的粉墙黛瓦，马头墙高耸，整个村庄呈"七星拱月"形。因为历史上很多人读书入仕，成为官宦之家，所以很多民居的门前都挂有"进士第""荣禄第""大夫第""十户厅"这样现代工艺的标识牌。作为一个以江姓为主的村落，上晓起始建于唐晚期，兴盛于明清，衰落于民国，历史上曾出过江扬言、江南春、江上青、江之纪、江人镜、江忠淦等巨商、名医、世宦，仿佛满天星光，闪亮在村子的夜空。而在上晓起众多的历史名人中，又以江人镜为最。

始终无法确切地知道，蜿蜒于上下晓起间的河流叫什么。上网去查，说是叫"养生河"，觉得甚为不妥。这应该是一个从旅游出发，对应"生态村"而起的名字，不过岸柳逶迤，阶石如洗如磨，甚有古意。上晓起为江、洪、叶三姓聚居，河北岸是江姓，河南岸是洪姓和叶姓。站在村头，能够明显感觉到，北岸江姓的门楣比南岸的要高大一些。

江人镜的老宅，名曰"进士第"，是在他祖父江之纪手里起的屋，格局是徽州传统的"三堂两井"。"有堂皆设井"是对徽州民居最准确的描述，"堂"指阶前，"井"指天井。徽州住宅所谓的"四水归堂"，即是指将屋面的雨水集于天井之中，出自一种"暗室生财"的理念。一位日本建造学家在《中国民居研究》一书中如此描写徽州的传统民居："穿过饰有精巧砖刻门罩的大门，进入室内，令人吃惊的是，从上面射入的明亮幽静的光线，洒满了整个空间。人似乎在这个空间里消失了……站在这里仰视，四周是房檐，天只有一长条，一种与外界隔绝的静寂弥漫其中。"作为东方民族，日本人对徽州民居的感受，准确而细腻。李约瑟也曾在他的《中国科学技术史》中，惊诧中国旧宅的雨从屋檐滴落时所带来的美感享受，而这是西方建筑甚至中国北方建筑都无法传达出来的。

但我进入江氏老宅，是5月里一个晴天丽日，暮春的阳光从空中洒落，给幽深的老屋带来异常的绚烂。那年乡试，江之纪以第二名中举，30年后，他的孙子江人镜在道光二十九年（1849年），中了顺天府南元，也是第二名。这就是江氏族谱中"祖孙两亚元"的来历。江人镜的宅子名曰"荣禄第"，又称"思训堂"，建于光绪年间，总体格局和祖父的进士第基本一致，只在正房的左侧多了一座官厅。这就是身份了！毕竟江人镜官至两淮盐运使，授光禄大夫，位高权重。"两淮"是一个地理概念：一说是"淮南""淮北"的合称，泛指今日苏皖两省淮河两岸，是纵向概念；一说为"淮东""淮西"的合称，分别指代苏皖两省江淮之间的区域，是横向概念。两淮盐运使虽官阶不高，只是从三品，但这一机构不仅管理盐务，还兼为宫廷采办贵重物品，侦窥民间动向，由此得以大肆搜刮民脂民膏。但据史书记载，江人镜是一个清官，在位期间励精图治、清正廉洁，不仅政绩显著，而且政声甚好。他在任山西蒲州知府期间，查禁溺女、劝储积谷、捐薪助院、致力河防，得到皇上的嘉奖。他主政山西期间，清理冤狱，革除陋规，减免徭役。山西连年发生瘟疫，灾难殃及76州县，江人镜筹募巨资，运送粮米，救活灾民无数。赈灾之后，他又将剩余20余万两白银全部留给地方，用于善后。这很难得，很多地方大员借赈灾大发横财，一夜暴富。江人镜任两淮盐运使期间，清除积弊，减免盐商供应年费"七千余金"，同时使国库税收有增无减，这也很难做到。上晓起现存的三座官宅——进士第、荣禄第、大夫第，都属于江人镜家族。建于康熙年间的进士第，于咸丰年间被太平军所毁，当时江人镜身在扬州，听说后痛心疾首，亲手绘制图纸，并解送银两重建。江宅风水极为讲究，大门正对南山，门前用石板铺出龙形图案，门口的落脚石上雕刻有"雀鹿蜂猴"四种动物，寓意"爵禄封侯"。徽州的老屋，无一不讲风水，风水的理念，已经深入徽人的心灵深处。

江人镜的生平，主要见于《蓉舫府君行述》。他号蓉舫，字云彦，3岁能诵，7岁能文，天资聪慧，历任镶白旗汉学教习、内阁中书、内阁侍读、山西蒲州知府、太原知府、山西按察使、山西布政使、河东盐法道、河东道兵备、湖北盐法道、江汉黄德道兼管中外通商事务，最后升任两淮盐运使，赏顶戴花翎，授光禄大夫。明代光禄大夫是从一品，清代光禄大夫是正一品，但到了晚清，基本上就是一个荣誉称号了。他是光绪二十六年，公元1900年病逝在扬州任上的，享年七十有七。1900年是中国农历庚子年，这一年的8月14日，八国联军攻占北京，慈禧太后带着光绪帝仓皇辞庙，身后，圆明园大火正熊熊燃烧。江人镜是死于这一年的8月之前，还是8月之后呢？我没有查到确切的记载，但无论是之前还是之后，清王朝此时都已是风雨飘摇。他的灵柩最终归葬故里上晓起，族人尊称他"光禄公"，这大约就是"荣禄第"三字的来历了。

很少有游客进到荣禄第深处，人们大都是匆匆一瞥，又匆匆向下一个景点奔去。江氏曾经名噪一时的官厅，已于20世纪50年代生产队堆放柴草时被焚，如今只留下一些残垣断壁。门额上"双桥东墅"四个字，在耀眼的阳光下静默，昔年气象不复。其实江人镜和他的祖父一直是在江苏为官，一生都活动在苏州、扬州、江都一带，江人镜的"十子七女"，也只有第五子回乡承袭香火，其余均定居扬州。他归葬故里后，他的十个儿子在家乡建造了一座祀奉他的家庙，民间称为"十房厅"。因为江人镜被封为光禄大夫，因此十房厅又叫"光禄公祠"。祠堂不大，但很精巧，两进一天井，保存得十分完好。

如果入史，江人镜算是一个"循吏"，即奉公守法，有政绩、有官声的省部级大员。中国官场，最大的积弊是"吏制腐败"，因此"吏而不腐"，最为史家所称道。他同时还是一名"能吏"，精通盐务，监修过《增修河东盐法备览》，对两淮所属通州、泰州、海州的煎盐产量进行核查，并将结果上报。扬州文化学者韦明铧在翻阅《清宫扬州御档》时，发现了一份光绪年间与江人镜有关的档案，上面记载了光绪十八年即公元1892年，江苏遭受大灾，江人镜等人实心实力，劳瘁不辞，捐资救灾的劳绩，光绪皇帝御批："江人镜等均著交部，从优议叙！""交部"是指交给直接对皇帝负责的中央行政机构吏部、户部、礼部、兵部、刑部、工部六部，再由相关的部门对官员进行嘉奖；"议叙"则是清代对政绩优异的官员进行核议、记录、加级、奖励的制度。韦明铧还发现了一种城砖，是江人镜当年在扬州时所烧制，城砖很厚很重，长约33厘米，宽约18厘米，高约9厘米，四面有镌铭，分别为"两淮运司江重修""大清光绪二十四年""戊戌孟秋""经历吴办"。铭中的"两淮运司"，指的就是清代两淮盐运使江人镜。光绪二十四年为公元1898年，扬州城西风东渐，外国资本大量涌入，社会动荡不安。这一年，英商丰和银行在扬州开设小轮公司，专保火险，是为扬州保险业之始。扬州邮政分局正式开业，地址设在砖街，是为扬州邮政业之始。江人镜就是在这种形势下烧制城砖，强固城池，御敌以自保。一面是高筑墙、深挖壕，步步设防，一面是近代化、西方化步步紧逼，身处历史转型期，清帝国的官员备受煎熬。江人镜一生著述颇丰，计有《知白斋诗钞》《知白斋词存》《双桥东墅词存》《铲嶂山房楹联》等，但诗文一般。值得称道的是，他教子严而有法度，在他的教导下，"十子俱为人杰"。他的一些话，"兄弟和，无不发之家；不和，无不败之家""非分之财，无久享之理"等等，对于今天的人们来说，很有借鉴价值。

太阳渐渐西沉，光线渐渐柔和。江氏老屋的屋脊上，草色变得金黄，上晓起的黄昏，也将不期而至。

（原载于《青岛文学》2016年第12期）

一川碧水向婺东

霏霏细雨之中,我进入婺源的汪口老街。

老街有上千年的历史,游人摩肩接踵,一街的花雨伞,五颜六色。明清时期,汪口为徽州府城陆路经婺源至江西饶州的必经之地,也是婺源县城连通东北乡水路,货运至乐平、鄱阳、九江等地的重要水运码头。当年这条街上,店铺林立,商贾云集;河上樯桅林立,千舟待发,商船往来如梭。

河是永川河,因此汪口古称"永川",是一个俞姓聚族而居的古村落。

天空时雨时歇,老街外的青山越发苍翠了。

不得不承认,汪口的旅游,做得确实好。

这首先表现在每条街每条巷,每一宅每一堂,都有明确的文字说明，而且设计统一，文字古雅，与环境融为一体，成为一道风景。相关的文字说明上说，汪口地处两河交汇处，因村前"汪汪碧水"而得名；而"永川"二字，则取《诗经·周南·汉广》"江之永矣"之意。

俞姓始迁祖，希望自己的后世子孙，如流水一般源远流长。

徽州的村名都很雅训，显示出中原世族深厚的文化底蕴。比如汪口老街，正式名称叫"官路正街"，表明它在汪口"一街十八巷"中正宗正统、不可取代的地位。

中国古代有所谓的"官道""商道"之分。官道也称"驿道"，为古代陆路交通主干道，相当于我们今天的国道，同时也是重要的军事设施，用于转运军用粮草物资，传递朝廷旨意和军令军情。商道俗称"骡马大道"，为民间商业运输主干道，在有些地方，尤其是在徽州这样的山区，往往与驿道合而为一。婺源重要的古驿道是徽饶古道，历史上又称"徽州大道"，始建于唐，自徽州歙县城关起，从休宁至婺源，蜿蜒而达江西瑶里，全长百余公里，路面全用长约4尺的青石板铺砌而成。徽饶古道当年的地位与徽杭古道相当，是古代徽商入赣的重要通道。汪口老街既是"官路"，又是"正街"，所以可以想见，旧时在汪口众多的街巷中，地位有多显赫。

1375年前后，明代官府在汪口设立了第一个行政机构汪口驿铺，用于投递公文。我希望能够找到汪口驿铺旧址，但遍寻不见，问了很多人，也都不知道。我怀疑今日老街之乡约所，即是往日之驿铺，但走进去看看，发现亦为明清旧设，为古代徽州乡村中的基层管理组织，也是宗族对族人进行道德伦理训教的场所。老街上有很多明清老宅，游客们匆匆而入，匆匆而出，在导游声声不息的催促声中，脚步踉跄地往前赶着。偶尔有人停下来，大声诵读说明牌上的句子，很多地方都读错了。对俞念曾的一经堂，不少人感兴趣，还有的人摸出纸和笔，抄录牌上的文字。文字介绍上说，俞念曾官至州同知，为人宽厚义气，为官廉明清正，"一经堂"的"一经"二字，取自"人遗子，金满籯，我教子，唯一经"，既是一种自我表白，也是家风家训。当然，说是"一经"，并非"一经"，而是以"一经"指代"四书五经"，作为对正统儒学的尊崇。汪口的老房子，除一经堂之外，还有懋德堂、四世大夫第、四宜轩、养源书屋、存与斋书院、柱史坊、同榜坊等等，也都保存得很好。

如其他所有徽州古建筑一样，汪口老宅的楹柱上，也是佳联如云，其中"春云夏雨殊月夜，唐诗晋字汉文章"一联，不仅传达出传统儒家理念，遣词造句也十分工整。古徽州虽商业发达，但唯有耕读传家，读书入仕，才是正途。有竹篾匠人在老屋宽大的廊檐下做一些应时应景的旅游产品，笔筒、戒尺、烟灰缸等等，然而对游人颇不友善，如不买他的东西，就很难在他的摊位前停留。旅游让古老的乡村变得喧闹，也让安静的人心变得浮动。但也有老人坐在廊亭的木条凳上，和善地笑着，用听不懂的徽州方言和游人打招呼。老街全长近700米，据说全村340余幢老宅，有150余幢坐落在老街上。一样的砖木结构，一样的粉墙黛瓦，一样的两进或三进，和徽州本土的古村落一模一样。

说是江西婺源，还不是徽州婺源嘛。

雨停了，游人纷纷收起手中的雨伞，但没等收拢，雨点又噼里啪啦地跌落。我躲进汪口船会，对屋内陈设和墙上的文字，细细琢磨。船会原为迪公众屋，是汪口俞氏"三六公"一脉的支祠。水上运输是旧时汪口的第一生业，而船会是汪口船工的行业组织。这个关于船会的展示单元做得很好，不仅有纤绳、藤索、杵棒、茶筒、饭筒、草鞋、蓑衣、竹笠等生活用品，四尾子船、大鸭莺、小驳子船等生产用具的实物展示，还绘有精确的"九江至南京上新河长江水路行程图"和"婺源往湖广德山走江西水（旱）路图"。"九江至南京上新河"全程815里，有几十个重要码头。"婺源往湖广德山"全程2010里，迢迢千里，滩险水急。汪口古为婺源水路运输的终点，即所谓"通舟至此"，从饶州、九江、鄱阳湖过来的商船，到此要"起旱"，把粮食、布匹、咸盐以及日用百货，由人力挑往县内东乡各地，以及休宁、岭南、山斗、五城各乡，船只返回时，再载上当地出产的竹木、茶叶、桐油、棕皮、香菇、木耳等等。因此汪口从事水上运输的船工人数，远远多于从事商业和农业生产的人数。明清时期，沿街家家设店，户户开行，裕丰、同茂、悦来、德通，以及裕馥隆、发芬源等老字号店铺商号鳞次栉比，河上常年泊有百十艘商船。为了方便装卸货物，从街头至街尾，开辟了酒坊、双桂、柴薪、四公、赌坊等18条巷道；为了与巷道通连，又开筑了18处转运货物的溪埠码头。汪口村落地势前低后高，极具层次感，行走其间,能够清晰地感受到依永川河而建的老街,婉转着将它弯月形的路径延伸。

耳边有若即若离、时隐时现的匋匋流水声。

雨中徜徉,老街虽饶有意趣,但毕竟人太多了,也太吵。从趣味上说,我更倾向于汪口的18条古巷:鱼塘巷、水碓巷、祠堂巷、酒坊巷、李家巷、双桂巷、小众屋巷、大众屋巷、柴薪巷、四通巷、桐木岭巷、汪家巷、上白沙湾巷、余家巷、下白沙湾巷、赌坊巷、夜光巷、油榨巷,以及60多条叫不上名字来的小弄口。汪口旅游很注意细节,比如上白沙湾巷口的文字说明这样写道:"上白沙湾,指的是汪口下街一带因水流形成的小河套。每当洪水过后,都会给小河套带来一层银光闪亮的细白沙,由此形成汪口历史上一道'沙湾渔艇'的景观。因小巷地处沙湾上游,故取名上白沙湾巷。"不仅有来历,而且有描述。汪口十分注重自己的历史,专门辟有汪口村史馆,对村落历史有详尽的介绍。可惜没什么人看,人们路过时,就是匆匆路过。水碓巷、酒坊巷、柴薪巷、赌坊巷、油榨巷等等,一望而知是某类生业的聚集地,可以想见当年的喧闹。小巷深幽,大门深掩,墙根和砖础都湿漉漉的,看来一时半会雨还停不了。和一眼望去满是红男绿女的官路正街不同,巷弄里少有年轻人出入,偶有老年妇女在巷道里蹒跚而过。有人家开始煮饭,据说大米是用村口的水碓舂出来的,不是"机器米",比城里的米香多了。明清时期,汪口有数十盘水碓,日夜不停地舂米舂谷,而后通过永川水路,运往婺东各乡。单纯而强劲的米香在暮色中飘散,是一种久违了的气息。

老街的那头，就是占地面积1000多平方米的俞氏宗祠，当地人称"大祠堂"。和很多徽州老祠堂一样，青瓦覆盖，峨角高翘，为清代中轴歇山式五凤楼建筑。在众多祠堂中，俞氏宗祠以木雕手法细腻精美而见长，斗拱、脊吻、檐椽、雀替、柱础，均饰以雕刻，刀法有浅雕、深雕、透雕、圆雕、高浮雕种种。祠堂一侧有花园，为宗祠建制所不多见，园内有三棵参天古木，居然是桂树。

即便是放在徽州本土，俞氏宗祠仁本堂，也足以与歙县棠樾鲍氏敦本堂、黟县南屏叶氏叙秩堂、黟县西递胡氏追慕堂相媲美。徽州宗祠一般都有自己的堂号，而以"仁本""敦本""一本""务本"为最，是农耕文明对孔孟儒学"耕读传家"的强调。

走出俞氏宗祠，门前的河埠头就是著名的章江码头。沿窄窄的青石台阶而下，可以一直走到永川河边，因段莘水和江湾水在这里汇集，河面一下变得宽阔。

老街近在咫尺，但喧嚣的人声似乎已经隔在千里之外了。这一带几乎没有人，安静极了。身后是高高耸立的老街后墙，经风雨侵染，碎石垒砌的墙体已呈沉重的苍黑色。除了项目里包含龙船潭的"水上竹筏漂流"，旅游团一般不会带人到河下来，而一般的游客对这里就更是连知道都不知道了。我来是为了寻访平渡堰，更是为了寻访江永，而当年樯桅如林、水平如镜的平渡码头，如今只有一两只竹筏停泊。

平渡堰位于汪口西侧的河心，因状如曲尺而被当地人称作"曲尺碣"，是清雍正年间江湾人江永设计建造的。"碣"字的读音很多，按韵书至少有"揭""竭""遏"三种，而在徽州方言中，读作"褐"或"辉"，为吴楚方言。"碣"的本义是"阻塞"，所谓"石碣""水碣""陂碣""堰碣"等等，都是堵隔水流的水利设施，其意与"堰"同："兴治芍陂及茹陂、七门、吴塘诸碣以溉稻田。"江永是清代著名的经学家、音韵学家，而我熟知的头衔还有"朴学大师"，居然设计建造了这么一座科学实用的水利设施，真的让我惊诧。据当地史志记述，当年经过汪口时，江永见有两溪在此合流，水流湍急，回旋凶险，每逢洪水涨发，覆舟溺人，因此决心在这里"筑堰"，"以平水势"。站在河边，能够看到碣坝以优美的曲尺形呈现，垒砌堰体的鹅卵石，在细雨中历历在目。水流至此，果然平缓，河面也果然宽阔，我想这便是"平渡堰"中"平渡"二字的含义了。堰长 120 米，面宽 15 米，南面接续河岸，北面则与河岸之间空出 5 米宽的航道。这样既不影响通舟放排，又提高了水位，同时解决了蓄水、通舟、缓平水势的矛盾，是中国水利史上的杰作。

据说江永还是一位数学家，因此平渡堰的设计很科学。

旧时汪口是婺源水路货运至乐平、鄱阳湖、九江等地的终点码头，章江码头，永川河上，河溪一派，舟船如叶，鱼贯衔接，昼夜不息。徽州山环水绕，山多田少，土壤瘠薄，不利耕种。且为季风性气候，梅雨季节，大雨倾盆，江河暴涨，为了保障生产与收成，徽州人挖塘开渠、兴修碣坝，投资农业水利建设。作为一种古老的水利设施，堨与堤、坝略有不同。据民国《歙县志》："凡叠石累土截流以缓之者曰坝；障流而止之者曰堤；决而导之，折而赴之，疏而泄之曰堨；潴而蓄之曰塘；御其冲而分杀之曰射。"前几种我都知道，就是"射"是怎样一种水利设施，想象不出。从这段文字我们知道，堨是潴水以流，疏而导之，重在利用。徽州的河流大都在山谷间蜿蜒，落差极大，人工汲水费时费力，而在河的上游筑坝，利用自然落差蓄水灌溉，就成了徽人的自然选择。

徽人的聪明智慧，真是了不得。最让我惊叹不已的水利设施，是新安江上最大的石质滚水坝渔梁坝。歙县因多山多流，山洪暴涨，境内官建民修的古水利工程多达几百座，而渔梁坝是最能体现古代徽人智慧的水利工程。渔梁地处练江下游，歙城与歙浦之间，上汇源于黄山南麓的丰乐水、富资水、布射水和源于绩溪县境内的扬之水，流域面积1200平方千米，下经歙浦出徽州至浙江，水运范围上溯可辐射至歙西、歙北和绩南，下泛经歙浦而西南可上溯至屯溪、休宁、黟县，沿新安江而下出徽州，至浙江梅城码头转"直港"可达杭州、湖州和嘉兴，转"横港"可抵金华、兰溪和衢州。渔梁坝全长143米，断面为不等腰梯形，石砌的坝身坚稳沉固，白亮亮的花岗岩条石上布满了黑色的细碎斑点。这种石头俗称"凤凰麻"，是一种强度很高的花岗岩。从新安古道遥望，渔梁坝如同一只巨鳌，雄亘于练江之上，每逢桃花水满季节，湍急的水流沿坝面飞泻而下，形成涛声轰鸣、雪浪排空的壮观场面。

渔梁坝的构筑工艺十分复杂，"凡叠十石，中立石柱"，而上下层之间用竖石插钉，各条石之间用石销，将整座水坝固为一体，在涨水的夏季，抵御突如其来的山洪暴发。这就是所谓的"纳锭于凿"技术。

清末徽州知府刘汝骥在《陶甓公牍》中，收录了歙县汪达本宣统元年（1909年）的一份调查报告："渔梁坝之修复，由程氏乐输；万年桥之重修，由绅商赞助。其利百世，行人赖之。就今岁论，亢旱近四十日，山塘田禾半皆枯槁，惟吕堨、昌堨、鲍南堨工程完密，一律有秋。"徽州士绅，多以修桥筑堨为善举；徽州学人，多以经世济民为学问。但江永的学问实在是好，他所注疏的"十三经"，对"三礼"精思博考，发前人所未见，"三礼"是《周礼》《仪礼》和《礼记》的合称。乾隆初年，儒臣纂修《三礼义疏》，礼部取江永所著《礼经纲目》考订。不仅如此，他还是皖派学术的奠基人。在中国经学史上，清代徽派朴学被称为皖派、皖学，而皖学的出现，是清代汉学发展达到高峰的标志。

皖学始于江永而成于戴震，戴震是江永的学生。

雨突然大了起来，水面上白茫茫一片，经200多年风雨冲刷的堰体，看上去依然片石无损。立于堨上，可见南岸的象山愈加苍翠，天地间开始泛起巨大的轰响，是水流汇集的声音。歙县郑村西溪，儒商汪梧凤的不疏园，曾是江永讲学授徒六七年的地方，江永的弟子戴震、程瑶田、金榜、汪肇隆等人，都曾在这里读书研习，而戴震在入京前，更是两馆不疏园，对徽派朴学的形成起到至关重要的作用。我很想去那里看看，虽然乾隆年间的不疏园，可能早已消失在俗世的烟火之中了。

（原载于《飞天》2017 年第 1 期）

去北方

　　我在这座江淮之间的城市生活了 20 年，以我 30 出头的年纪，照理应对它相当熟悉。但最近不知怎么，觉得与这城市日渐陌生起来，好像人与人的交往也有倦怠期一样，看了太久自己生活的地方，也会觉得厌倦和烦闷。

　　冬天来后，只要不是雨雪天，我还是每天下午出去走走。小区楼下的景观道是附近楼盘的卖点之一，学名叫作"匡河绿道"，是一条细窄的小路，沿着细窄的匡河蜿蜒而去。叫"绿道"名副其实，因为岸边栽满绿树，而河中碧波荡漾。

　　似乎是为了点缀钢筋铁骨刻意营造出来的世外桃源，但不可否认它精心布置的美，尤其春风一起，沿路数里桃花。我虽然住得近，但桃花开时也和特意来春游的人们凑个热闹，杂在推着婴儿车的年轻父母，或举着自拍杆的少男少女们之间，在河边转悠。

这样热闹的情景会一直持续到夏末，一直到秋风起了。秋风一起，树叶便落了一地，于是按照时令，大地呈现出一片萧条之色。这时人也像飘落的树叶似的，不知被吹到哪儿去了，连带这条小路也变得寂寞起来。不过奇怪的是，人虽然四散，树叶却好像在入冬后又长回来似的，于是远远望去，匡河在雾蒙蒙的灰天之下，笼罩在一片雾蒙蒙的灰绿中。

走在道上，这种感觉则更强烈。而且近看就更令人不解，比如迎春，在阳历的十二月中旬就开放了，紧跟着是星星点点的春桃。除开天空一直是灰的，嫩黄之后接着些粉红，都是春色。不过冬日里是没有嗡嗡蜂鸣相伴的，这似乎令它们丧失了生机蓬勃的美。

雪也是没有下两场。河边的桃花岸虽然夹了几株梅树，但白雪红梅这样鲜明的景色，依稀只在画中见过。于是我总觉得不对劲，似乎冬日一来，树的所有叶子就该凋零了，只剩下寒枝。顶多，枝头再栖上几只老鸦。

这大约是我的想象吧，这里地处江淮之间，又不是北方。但是我的少年时期，我的青年时期，这里的冬天是什么样的呢？我仿佛失去了记忆一般，一点也想不起来了。

总归不是这样，但也不是那样。

于是我想，还是出去走走吧。去找找，或是去看看真正的冬天。

"K"字打头的快车开到哈尔滨要22个小时，旅途在摇晃中过了大半，中间夹了一个漫长的黑沉沉的夜。到达山海关时，正是太阳初升的时刻，窗外先是蒙蒙泛白，不待你细究这白影的轮廓，金光便蓬勃而出了，随后大地无边辽阔。

　　这是我初次感受到地缘的奇妙，本来是薄薄的积雪，一到关外突然就厚了起来。一忽儿就有一根电线杆从窗外划过，太快，看不清上面是否停留着几只麻雀。可是心里已将它与想象的画面重合，觉得兴奋起来。

　　待到下车之后，就更觉得新鲜。我本来以为雪国的美与红绿无关，后来发现恰不是这样，出站的时候是傍晚五点，哈市华灯初上，霓虹先于天星亮了，路灯将地上的薄雪染成暖黄。如其他一切的大都市一样，这里的交通不敢恭维，载我们的出租车师傅见怪不怪地一路用微信聊天，间或抽出空来与游客聊两句，问是从哪里来旅游的。

　　和他说了，他问："哈尔滨这两年也不怎么下雪了，和你们那儿也差不多吧？"

　　我心想当然不一样了。从感受到第一缕冷空气开始，在火车上积攒了一天的热量，几分钟之内就消耗殆尽了。寒冷不像刀子痛快地将你斩成几截，而是围成四面不透风的墙，任你四处碰壁后妥协成和它一样的温度。

　　可是对初来乍到的我来说，这样的冰冷也是新鲜的。除开一切都市相同的灿烂夜景，这儿的路边时不时就冒出一座大型的，或较小的冰雕，它们与高楼大厦一样，在黑暗中闪烁着或各色或五色的光。

迎面来的行人大多包裹得严实。也有伸直脖颈、光着脑袋的，在雪地上满不在乎地走。

一看就是本地人，我想。可是他们怎么做到在结着冰的路面上走路还能泰然自若呢？我这样小心翼翼，还不时要打个趔趄。

我知道自己的走路姿势像被冻住一样僵硬，连嘴角也紧张地绷着，然而心中的快乐却不时地雀跃，似乎鼓动着我下一步就要跳起来，在这冰天雪地中摔一跤才好。路旁有一座大公鸡造型的冰雕，应该是为了即将到来的新年建造的，它的身体里亮着金灿灿的灯，头上顶着红冠。一群孩子围着它合影，穿得都像小雪人一般圆滚滚的，也像小鸡似的叽叽咕咕地乱嚷，寒冷将他们的笑语凝冻在空气里。

多么美，夜幕下的哈尔滨。

而在这灯火绚烂之外，唯有松花江的上空是真正的漆黑的夜。

我小时候觉得松花江的名字好听，而且认为歌里的"一条大河波浪宽"说的就是松花江。后来发现错得离谱，想来是误会了"风吹稻花香两岸"这一句，因为听过东北米的好吃，就错认这是在说松花江两岸弥漫着的滚滚稻香。

那时的我若能亲眼看一看真正的松花江，大约就能破除这种谬想了。尤其，冬天的松花江，你怎么能看出它是一条河呢？何况是在夜晚。哈尔滨著名的抗洪纪念碑离中央大街不远，灯红酒绿，繁华之地，晚上9点，依然人声鼎沸。热闹一直延伸到了广场下江上的一片冰面,借着闹市的灯光与人气,冰面被辟出一角当作游乐场。一些人自备了工具:有在冰上撑雪橇的;有屁股下塞个塑料板,拿台阶做滑梯用的。

一辆越野车拉着一排自造的、救生圈穿成的皮艇,呼的一声从冰面上开过去了,车灯在黑夜中犹如豹的双目,无比明亮。

它前面的一方冰路也被照得白亮亮的,而其余处依旧是乌黑。也许知道这路畅通无阻,它一会儿转向左,一会儿转向右,好像没有目的地,只是在恣意玩耍。

在这茫茫的冰河之上,它要开去哪里呢?

我看到它在黑夜中越行越远了,这黑暗仿佛没有尽头。

又或者,极黑的尽头是纯白,譬如松花江上的日与夜。

这里的白日,无论阳光多猛烈也不带一丝温度,是炫亮到极致,是耀眼得刺目。白天不受光线所限,游乐的场子开得更大了。玩儿的花样也多,除昨晚那些传统娱乐项目外,还多了些比较新奇的,比如与动物互动的项目。

狗拉雪橇,两人一辆。拉车的是清一色的阿拉斯加雪橇犬,个头极大。我坐的一辆,"车夫"叫大壮,它在雪地上走一圈约50米,可挣得50元。

本来我觉得不太划算,半推半就地坐了,但是坐了以后也没有感到吃亏,因为拍了几张好照片,尤其是与大壮的合影。

而且,我没有到达终点就自己下来了,因为在这样的冰天雪地里,人是不能够静止不动的,只要稍停一会儿,就会像冰雕一样被冻在雪地上。

像我这样的游客也大多是缩手跺脚，与此相反，拉车的大壮们却毫不在乎，都是雄姿勃发的，挺胸抬头，任狗毛在风中翻飞。冰场有几十只"大壮"，每一只拉着一部橇，跟在主人身后，个个训练有素的样子。

有一只不知是不是上了年纪，没有客人的时候，它悄悄俯下身来在冰面上趴了一会儿。

此外还有马拉车，除了是在冰上行驶，其内容与形式都与我在曲阜孔庙外坐过的一致。都是一匹精瘦的马，一个赶车的男人，男人也不过是穿制服与穿军大衣的区别。车厢都用油漆涂得花花绿绿的，厢门处挂着一个擦得很亮的金黄的铜铃。

我没有坐马拉车。后来我在一个离城区很远的不甚热门的景点伏尔加庄园，看到一个老人也在做一样的生意。但是他没有花的车厢，也没有擦得金黄的铃。他的马高壮，鬃毛油光水滑，他的马拖着一辆板车，车上铺了毛毡子。他站在那儿有一会儿了，因为毡子上落了些雪。

那里没有大壮一样的狗了，只有这一匹马和这一个人。他静静地站在雪地上，鞭上的缨子被雪衬得鲜红。

他像一个真的车把式。他和他的马、他的车，站在那儿，仿佛许久之前的画儿一样。

我也没有坐他的马拉车。

哈尔滨日落得早，所以它的市政设施关门也早，等我赶到萧红纪念馆时，已是下午 3 点半了。

萧红在文章里写过她幼时的家、她祖父的院子、她家乡的小县城，当时读着觉得很有异地的风情。现如今这里变成了哈尔滨的一个区——呼兰河畔的呼兰区。

她的故居比我想象中要大、要好，而且很新，不知是不是翻修过。来之前，我没想到它居然在这样一个城市里的地方，并且四周有很多现代化小区，并且呼兰河边还建有景观楼。

这似乎与匡河绿道也差不多，这让我觉得与萧红一下没了距离，于是无端地感到很失望。

故居是在独辟出的一个广场里，又或者四周的那些楼正是围绕它建的。深灰色的墙砖，格局像尺子量出来一般周正，院子正中是萧红的雕像，扎着独辫子，目视前方，有些倔的样子，倒是很符合大众想象中萧红的形象。这几年以萧红为题材的影视作品大火，不过似乎还没有影响到她故居的幽静，来这里的游人并不算多。

也或许是我们来得太迟了。我站在门外，还只是在观赏门楼，场馆的工作人员就过来提醒我们还有15分钟了。我说："不是4点吗？"

他斩钉截铁地说："3点45。"

与大多东北男人不同，他很瘦小，不过脸上的表情却如说出的话一样坚毅，我只好放弃争辩，跟着他穿过两侧的厢房径直走入正房。他往房中一站，指着一侧的房间说："就是在这里出生的。萧红，就是在这间屋里生的，看一看行了啊。"我听话地看了看这间屋子，有一张土炕，窗户上挂着一块崭新的土花布，红红绿绿的，正如松花江冰面上的马车。

一起出来后,他又飞扑去驱赶别的游客,大约也是和我们一样,没有注意到这 15 分钟误差的。我体谅他的辛苦,于是自己默默走了。

我在萧红故居刚好待了 15 分钟。后来我很感激这位工作人员,因为出来的时候,正赶上呼兰河的日落。

大美无言。

到达济南的时候是年二十九,虽然同属北方,但这里的冬天到底温和多了。

又辗转两个小时到了公婆家。

这是座重工业的小城,发展全靠市内一家大规模的钢铁厂,都说这里污染重,我却觉得还好。

尤其是天气晴朗的冬日,越往北,天蓝得就越高远。我虽说来过好多次,可每次来时,还是不免觉得有些陌生。快过年了,街上并无几人,倒是多了许多红灯笼。干冷的天气让风景到底萧瑟些,汶河岸边是一无蒙蒙的雾,二没有绿色,更莫说花朵了。

那时候,匡河岸边的桃花开得不多,我纠结于天气的不痛快,也无意欣赏它们的美。如今暖和了些,不知那三五朵花儿可多了几声蜂鸣相伴?

然而回家还需要好几日,外面的鞭炮声此起彼伏地响起来了。正赶到饭时,大家忙作一团,除了大姑子家的小外甥女。她今年新添了一个小弟弟,放在她身上的管教时间就失了一半,现在她一边在客厅里看动画片,一边随着片尾曲来回扭动。

我次次来,她次次在看这部动画片。我想起我小时候,和她一样,每个假期都窝在家里看《西游记》。而且也同她似的,跟着音乐自己编些舞瞎扭。

那些歌我都喜欢,只一首例外,是一个平而缓的男声不停地重复着:"……走啊走,走啊走,走啊走,走啊走……"我小时候觉得这歌顶顶无聊,长大了些,却觉得一切的人生都在这三个字之中了。

(原载于《南方文学》2017年第4期)

春满一树桃

是下午的 4 点多钟，光线开始柔和下来。因为要赶在太阳落山之前，经岭脚村到达"吴楚分源"地，我突然就有了一种紧迫感。岭脚村古称"环川"，因坐落在浙岭脚下而得名；而"环川"二字，是因为村落四围都有溪流汇入，"环村皆川"的意思。春秋战国时期，岭脚为吴国门户，而今天则是婺源的北大门。此村的大姓为詹姓，旧时多经营墨业，村中保存完好的维新堂、瑞芝堂、如松堂、玉润堂、尚义堂、中和堂、棣芳堂、斗山公房等明清古建筑，因行色匆匆，来不及细看，只一扫而过。

沿现代松珍公路，很快就到了浙岭脚下。松珍公路是指南起婺源岭脚、北至休宁漳前的一段公路，为已故休宁漳前籍香港实业家汪松亮，和他的遗孀顾亦珍共同出资修筑的。除这段公路外，沿途还有很多桥梁等建筑，都冠以"松珍"二字。架桥铺路，助学赈灾，是徽州商人的传统。浙岭属五龙山脉，据《婺源县志》，因"山高岩险，尽日烟云，状如五龙起舞"而得名。五龙山位于婺源和休宁之间，主峰海拔1468.5米，是饶河水系乐安江与钱塘江水系新安江的分水岭。那年，北宋抗金名臣权邦彦路过这里，曾留下"巍峨俯吴中，盘结亘楚尾"的诗句。近年来，寻访徽州古道成为一种时尚，所以虽说天光已近黄昏，但游人仍然很多。这很让我意外，也扰乱了我的心境。

但踏上古道以后，人就慢慢安静。一步一个台阶，走着古人走过的山路，体念着古人当日的艰辛。古道两边的竹林显出异样的葱茏，绿得仿佛已经不在春天里了，那样蓬勃和饱满，是唯有盛夏才有的重绿。奇怪的是竹边的茅草苇丛似乎仍然留在前一年的冬天，乱蓬蓬一片衰黄，或是一片衰白。但枯去的蒿茅也似乎更加入画，更能将人的情绪带入沧桑古道的意境。这一带有三条古道，分别是浙岭古道、吊石岭古道和觉岭古道，都是从江西婺源通往安徽休宁。这当然是现在的说法，旧时婺源和休宁同属徽州，与歙、黟、祁、绩一体，构成所谓的"一府六县"。浙岭古道是徽饶古道中保存最为完好的一段，因为"扼吴楚分源"之要塞，成为古代商人由皖入赣的必经之路，旧时商旅如云。

正是夕阳西下时分，松风阵阵，暗淡下来的天光里，开始有倦鸟归林。翻越浙岭，民间习称"七上八下"，即上岭7里，下岭8里，总计15里。古道全用长条青石铺砌而成，级高10厘米左右，宽处2米，窄处也1米有余。这在过去，就是骡马大道了，相当于我们今天的国道，不仅是百姓往来的大通道，还是物资运输的大动脉。曾三任徽州府通判的林云铭，在其《挹奎楼遗稿》中感慨："徽郡僻处山丛，地狭田少，计岁入不足供三月之食，居民仰给江（江西）楚（湖北）。累累肩挑，历崇岗重涧而至，可谓艰矣！"古人往来于这条路上，不会像我们今天这样空着俩手，而是"累累肩挑"，负重而行。徽州缺米，本地粮产不足三成，靠从山外大量购进。康熙《休宁县志》记载，外地粮米入徽，取道有二："一从饶州鄱、浮，一从浙省杭、严。""严"指地处浙西的桐庐县、淳安县、建德市，即今天的严州市。徽州人从这条山道上，把竹木、生漆、茶叶等运出，再从这条山道上，把粮食和日用百货运回来。虽说山高岭峻，但循这条道路盘桓而上，毕竟可以省去不少气力。

突然就起了雾，眼前白茫茫一片，但也只是一瞬，随即就云开雾散，露出了天边的霞云。云和霞都在努力燃烧，释放它们最后的热情，也消耗它们最后的生命。山色很有些苍茫了，此时的古道上，已经少有行人。越往上走，山势越是陡峭，石阶也开始出现倾圮。据《徽州府志》："新安地势斗绝，山川雄深，东有大障之固，西有浙岭之塞，南有江滩之险，北有黄山之扼。"处在万山环绕之中，古人进出徽州，除了靠奔流而出的新安江外，全靠这些古道，所以旧时，以徽州府衙所在的歙县为圆心，共有9条主驿道，分别是徽饶古道、徽开古道、徽池古道、徽婺古道、徽泾古道、徽宁古道、徽昌古道、徽青古道、徽安古道。需要特别指出的是，徽婺古道的"婺"，并不是指婺源，而是指婺州，也就是今天的浙江省金华市。

在古代，驿道不仅具有民用价值，还有军用价值；不仅具有交通意义，还有行政意义。

天已向晚，有村民急匆匆走过，担着如垛的柴担。今天的婺源乡村，还有人烧柴草吗？据我所知，平原地区的农村早就不烧柴了，都是用煤气或天然气烧饭。不过木柴铁锅烧出来的饭菜，确实能够唤醒味蕾，诱惑人心。古道上的男人是不会和我们搭话的，总是快步超过游人，走到前面；妇女则往往笑着，说上一两句什么，但也不太能够听清。这一带属于徽语祁婺片东北乡方言，而方言和水系有很大关系。据《方舆纪要》，江南徽州府婺源县北七十里有浙源山，"一名浙岭。高三百余仞，周二十五里。婺源诸水多西入鄱阳，惟此山之水东会休宁、祁门"。"诸水多西入鄱阳"，唯"此山之水"东汇休祁，说明它们不属于同一方言区。"此山之水"即浙源水，也就是当地所说的"鸿溪"。大约也正是因为这个，解放初期，皖赣两省边界地区，以水系重新划分了地界：按婺源诸水皆入鄱阳，唯浙源东水入休达浙的实际，将婺源浙岭北麓的浙东乡划归休宁；安徽则将浙源水流域的浙东乡，划归婺源的板桥乡和花桥乡。浙源水由浙岭流出后，经漳前、梓坞、板桥、凤腾、沂源、花桥、界首，于溪口汇率水达屯溪而入新安江，再经富春江至钱塘江入海——准确地说，浙岭是鄱阳湖长江水系和新安江钱塘水系的分水岭。

古人云："读万卷书，行万里路。"确有道理。不身临其地，亲历其险，知识就无法化为阅历。越千余石级，终于上了浙岭关,站在了"吴楚分源"碑下,亲见"吴楚"之水在此"分源","吴楚"之地在此"分界",心中颇不平静。风很大,古道越发斑驳,前方的石径时隐时续,没入草窠里。这就是遥远的春秋时期,吴国和楚国的分界吗?就是在这里,北宋的权邦彦,写下了"巍峨俯吴中,盘结亘楚尾"的诗句?古道松风,远山残照,撩人无限思绪。《辞海》"吴头楚尾"条:"今江西北部,春秋时为吴、楚两国接界之地,因称'吴头楚尾'。"应该是权威解释了,但安徽的很多地方,也都称作"吴头楚尾"。网络上,有人划了一条线,这条线从江西上饶到南昌,再到九江,而后跨过长江,来到安徽的安庆、湖北的黄石一带,沿大别山向东延伸,最后将我的家乡蚌埠也划了进去。所以我以为,今人所说的"吴楚",其实是一种泛指,一种历史地理或文化地理的概念。

徽学专家、复旦教授王振忠在其《徽州》一书中说"吴楚分源"是"徽州的地望",如何来理解这一说法呢?我一时还想不明白。但"吴楚分源"作为徽州边界的标志,一定具有单元民俗的价值和意义。天色几乎完全暗下来了,白水远天,俱成苍茫一线,暮色深处,松涛阵阵,雄关之上,辽阔而空旷。遥想2500年前,吴国和楚国就是在这里"分野",我有些激动——没想到"分野"一词,竟以如此感性的方式呈现。

碑上的字迹已隐入了暮霭,碑身坚挺冰冷,通体苍黑。据我所知,清康熙年间所立的石碑,现藏于婺源博物馆,此碑是照原碑仿制的,云湖詹奎所书"吴楚分源"四个阴刻大字,仍能呈现出原书的风貌。也不知道是什么人"上"的"石",按说应该有

"上石"者的名字。詹奎是康熙年间著名的书法家，就是当地岭脚村人。据当地传说，工匠将詹奎的题字上石之后，需要请八名壮汉，才有可能将这块数百斤重的石碑抬上浙岭关。这时一个年轻人站了出来，驮上石碑就走，这个人就是传说中与"严田八百斤"齐名的詹春。"严田八百斤"在"婺源八大怪"中排名第八，严田村人，名不详，李姓。此人天生神力，"八百斤"能够轻易举过头顶。

十里之乡，必有仁义。

有仁有义的还有方婆，一个失去了娘家姓氏的老人。纪念她的堆婆冢仍在堆高，不远处的万善庵也因她而留名。传说五代时期，这里就有了茶亭，亭内有一方姓老妪，日坐于亭，泥炉瓦罐，冬汤夏茶，捐济旅众。也有个刮风下雨的日子，也有个头疼脑热，但方婆风雨不歇，经年不辍，一天一天，一年一年，就这样把自己的满头青丝，坐成了满头白发，并最终坐成浙岭上一道永不磨灭的风景。历史上的五代十国时期，在公元907—960年间，距今已有1000多年。她死后就葬在了岭头，路人感其恩泽，堆石成冢，以示感念之心。此处原有高达4米的"堆婆占迹"碑，亦为詹奎所手书，"文革"中遗失，至今下落不明。查当地县志，清代岭脚村诗人詹文恒有《婆冢堆云》诗：

荒坟底事独峨峨，百世长传方氏婆。
当日煮茶施泽广，后人堆石比云多。
……

凭浙岭关远眺，断碑残垣千年路，界分吴楚。我捡起一个石块，郑重置于冢上，发现上面有很新鲜的痕迹，想来是不久前有人堆上去的。徽人自古乐善好施，尤其是徽商，架桥修路，捐建茶亭、路亭，蔚然而成风习。旧时山路迢迢，行旅艰难，民间视建路亭、茶亭为善举，徽饶古道因是官道性质的"通衢要道"，风气尤盛。旧时这条路上，十里一茶亭，五里一路亭，不仅为路人遮风挡雨，免费提供茶水，还备有茶桶和雨伞，供行人取用。路边的残垣中，有一方麻石碑刻《万善庵茶亭记》，可惜风化严重，字迹已无法辨认。我在网上查到一幅据传是万善庵的楹联："为善者昌，为不善者不昌，不是不昌，祖有余殃，殃尽自昌；为恶者灭，为恶者不灭，不是不灭，祖有余德，德尽自灭。"是"积善人家，必有余庆；积恶人家，必有余殃"的另一种版本。但问题是，网上错把"祖有余殃"录为"祖有余映"，不仅文理不通，还以讹传讹，流布甚广，所以特别指出，予以纠正。

桃花开了！就在刚才，就在我身边，有花朵绽放的声音。虽然四野茫茫，婺北的村落也都没入了无边的暗夜，但我仍能感到，一树红桃，正夭夭灼灼，怒放于春夜与春风！

（原载于《边疆文学》2017年第6期）

油菜花开

这是整个徽州最美的时候。

是所谓的"阳春三月",春山春水春气息,潮水一般将人淹没。我们的车子闪电一般,从一百米两百米,或是一千米两千米的隧道中穿行而出,大山快速后退,路两旁的庄稼地里,油菜花汹涌如潮。平原上的油菜花,虽然因了一望无际,看上去更为壮观,但也一览无余,没有起伏跌宕,没有错落参差,更没有如此夺目的明黄色。是的,明黄,一种单纯而灿烂的颜色。这给了我一种倏忽而至、倏忽而逝的喜悦。往往是那样:群山如浪头般突然涌来,而从它们拔地而起的那一刻起,倏地一下,油菜花似乎整个地匿去了。而后是大片大片迎面压过来的大山,等穿过一座山峰,进入一片谷地,喧喧闹闹着的油菜花就又倏地出现了。这些明黄色的花朵，有时是一大片一大片整齐地呈现，有时是一大片一大片整齐地隐匿，然而出现和消失都毫无征兆。你真的不知道哪一个山坳里，哪一片山坡上，会忽然跳出大片大片的明黄，或是跳出几枝孤零零的花，在巴掌大的地方明媚、招摇。

庄严的大山，因为它们的开放，灵动起来了。

或许不止大山，还有这片连绵起伏的山地，因了这种名叫油菜花的农作物，在这个季节里，都无限美好。

于是一夜之间，全国人民都知道，婺源的油菜花开了。

在中国广袤的土地上，从南到北，油菜花从 1 月到 8 月次第开放，似乎是在展演阳光照射大地的角度，以及逐渐抬升又逐渐降落的周期性过程。也不仅仅是纬度的地带性，还有经度和海拔高度的地带性，在油菜花的分布中，都可以清晰地看到。每年的 1 月和 2 月，油菜花在北回归线附近开放；到了 3 月，油菜花期的等值线就转移到了徽州一带，就是在这时候，婺源的油菜花开始怒放了。不仅是篁岭、江岭和江湾，婺源的东乡、西乡和北乡，也都有大片大片的油菜花田。尤其是江岭的万亩梯田花海，是摄影家的天堂，也备受全国人民的青睐。在海拔千米的高山上，梯田一层一层盘旋而上，山有多高，田就有多高，花就有多耀眼。每当春季，江岭的油菜花漫山遍野，层层叠叠，从谷底铺展到山巅，黑瓦白墙的徽派民居坐落在一片金灿灿的花海之中，绚烂到令人目眩。我身边的一对小夫妻，操着清脆欢快的东北口音，不远几千千米，专门来看婺源的油菜花，不时发出夸张的惊呼，为喧嚣的人潮推波助澜。

然而朱熹呢？婺源不是朱熹的家乡吗？

站在如潮的游人中，我黯然。

我决定一个人去往朱熹的文公山。

徽州的色调中，天生带了水墨的魂魄，灰白点染，墨线勾描，铺陈出大片大片澄碧的天空，其遥远、深邃远过所有过客的惊鸿一瞥。去往文公山的路上，几乎没有游人和车辆，寂静的原野仿佛脱离婺源而存在。这唤起我对徽州久远的记忆。大约10年前，我还在大学里读书，曾由学校组织，和同学们一起到徽州写生。那是初冬，触目的白墙黑瓦，给我了强烈的感受。写生之余，我坐在高高的田埂上，与寂寞的古村相对，从午后一直到黄昏。山上的茶园里茶树密集，在初冬的清寒中，依然青绿如春。后来，暮色就一点一点降临了，很快，远山就模糊了山峰。

那时我还不知道，徽州最入画的时候，是油菜花开放的季节。

在去往文公山的路上，不时有成片的油菜花出现，一样是灿烂的金黄色。宋绍兴十九年（1149年），朱熹第一次回到婺源，这一年他19岁，已经中了进士。他曾经数十次地盘桓在祖父和父亲走过的鹅湖古道上，却从没有回过自己的老家婺源。所以在18岁进士及第之后，第二年他便回了一趟故乡。梦中的老家一下子变得触手可及，朱熹年轻的心，瞬间安静了。这趟回来，他做了一件非常重要的事，就是拿回了朱家的百亩祖田。元初虞集《朱氏家庙复田记》载："建炎庚戌文公生焉。同郡张侯敦颐教授于剑，邀与还徽。而吏部（指朱松）之来闽，质以先业百亩以为资，归则无以为食也。张侯请为赎之，计十年之入，可以当其直，而后以田归朱氏。"他的父亲朱松到福建时，因为没有盘资，将百亩祖田抵押给了张敦颐，此人是朱父的好友。而张敦颐也没有食言，多年之后，将朱家的百亩祖田交到了朱熹的手中。

我一直对朱家的祖田非常好奇，在婺源，每到与朱熹有关的地方，便不忘寻找。乡土中国，农业社会，田土乃安身立命之本。在去文公山的路上，看到大片的茶园，我便以为是朱家的祖田，但多半会错。文公山位于婺源城西，距县城仅27公里，但愈往西走，愈近文公山，游人愈少。文公山原名"九老芙蓉山"，因了朱熹，更名文公山，普通人并不知道。转过山路，将入文公山口时，眼前蓦然出现一片油菜花，在阴云下静静地开放，很寂寞。

冷清，冷清得不像在旅游旺季，不像是一个旅游景点了。

文公山游客服务中心，可想而知的空空荡荡，只有我们一行三人，因此整个景区显出异样的深阔。

落雨了，如丝的细雨，寂寞地飘。

文公山给我的第一感觉很好，它的牌坊式大门庄严朴素，露出石头的本色。上面的篆书"文公山"几个字虽为新镌，但看上去很有力道。入口的道路两侧立有许多石碑，刻着朱子的诗篇、名言以及名人赞颂，辛弃疾的"历数唐尧千载下，如公仅有两三人"，可谓惊心动魄。

雨紧起来了，石桥、石亭和石兽，在雨中静默。兽们看不出是什么兽，石质的兽头表面，在雨中默默地风化着。

在这片静寂的山坳间,它们待了多少年?经历了多少风霜雪雨?看过了多少日出日落?

兽们看着我。兽们很沉默。

路两边有一枝两枝零星的油菜花亮着,夺目如火。右手边的一间小木屋门口立着一块标示牌,上书"紫阳书院"几个字。徽州有多处紫阳书院,紫阳为朱熹的别号。在徽州本土的歙县,也有一座紫阳书院,在旧时徽州名气很大,"每年正、八、九月,衣冠毕集……群然听讲",徽属六县士子云集,是十分壮观的场面。不仅书院,徽州还有多处紫阳桥。最著名的紫阳桥位于歙县城南渔梁坝下,桥西即是紫阳山麓,因"每将晓日未出,紫气照耀,山光显灿,类似城霞",得名"紫阳",据说朱熹的父亲朱松年轻的时候在州学读书,傍晚时常在这一带散步。徽州的府治在歙州。后来朱松宦游福建,感念故乡徽州的山水,就在印章上刻了"紫阳书院"四个字。他死后,朱熹便以"紫阳书堂"榜其堂,以示不忘父志,不忘徽州。

然而眼前这座小小的院落,称得上"紫阳书院"吗?它那么伶仃,那么单薄。我刚刚去过婺源城里位于熹园内的紫阳书院,是几进几出的大院落,比这里要大得多,当然,也繁嚣得多了。书院门头上的木质牌匾不知被什么人摘了下来,横在石阶上,似乎要挡住游客。雨更紧了,我看见屋顶上密集的鱼鳞小瓦,在雨中渐渐加重了颜色。墙很白,里面整齐地摆放着两排木制桌椅,是现代学堂的布置,看上去空空荡荡,亦新亦旧。奇怪的是,房顶上垂着一个大红灯笼,落满了灰尘,是古装电视剧里办喜事的那种，很不协调。

也许很多很多年以前，这里曾有过一座紫阳书院？也许婺源的士子们，青衣布履，于晨于昏，曾徘徊在这个院落？

也不知那时候，什么人在这里开过坛？什么人在这里讲过学？什么人在这里读过书？

那一刻，我突然涌出在这里坐下来，好好读一读书的念头。从紫阳书院往前，不过十多步，就是一个小水塘，竖着"半亩方塘"的牌子。"半亩方塘"又称"朱绯塘"，它曾年复一年地出现在我们的中学课本中，其中"问渠那得清如许，为有源头活水来"两句，不仅中国人几乎人人会背诵，而且不断地被引用着。

但这是一处人造景点，真假姑且不论，一望而知没有半亩。塘边生着许多迎春花，应季怒放，大约是因为人迹罕至，摇曳的花枝兀自在水中顾盼，妖冶如女狐。文公山主峰，虽海拔仅315米，森林覆盖率却高达99%。顺书院往里走，蜿蜒的山道两旁密布着松、杉、栗、栲、楠、枫等名贵树种，十万亩天然阔叶林营造出遮天蔽日的气氛。雨渐渐大了起来，树木释放出的芬多精如丝如缕，在雨中散发着、隐约着。我没有打伞，任雨丝在周遭飘。文公山的路都是石板路，被雨打湿后，裸露出坚硬的石质砺纹，石缝里的青苔也越发青翠了。台阶很新，台阶旁的泥土也很新，看得出刚刚修整过。沿途开着一种紫色的小花，四周则是没入森林的荒草。

行走在寂无一人的山间小路上，独自穿过密密的雨帘，我有一种无拘无束的自由和快乐。这让我差一点错过了朱熹手植的

"二十四株杉"。这些宣传册上特别注明的杉树，站立在一个小小的广场周围，左近便是寒泉精舍。

在福建建瓯，朱熹当年居住的地方，也有一所房子，名叫"环溪精舍"。距离寒泉精舍不远处，有一口艮泉，据说为朱熹所掘。朱熹很喜欢植树，幼时在福建，就在父亲的书斋旁种满了柳树。传说在福建尤溪的溪南书院，他与父亲朱松合种的那株"沈郎樟"，至今仍郁郁葱葱。朱熹乳名"沈郎"，据说是因为瘦弱。然而"沈郎"是什么人呢？一时搞不清楚。朱熹是继孔子之后的又一位思想巨人，与孔子并称为"北孔南朱"。配祀曲阜孔庙大成殿的四配十二哲中，除了朱熹，其余皆为孔门弟子，由此可知朱熹在儒学中的地位和影响。所以无论是在福建的尤溪、建瓯，还是在江西的婺源，抑或安徽的徽州，都生长着据说与朱熹有关的树木。当然，朱熹自己，就是一株冠盖如云的大树。宋淳熙三年（1176年），46岁的朱熹第二次回到婺源，在祖茔前虔诚祭拜后，于茶院朱氏四世祖朱维甫妻程氏墓前，种植了"二十四株杉"。而后，大儒朱熹在新植的杉树下，诵读了自己的《归新安祭墓文》：

> 一去乡井，二十七年，乔木兴怀，实劳梦想。兹焉展扫，悲悼增深，所愿宗盟，共加严护。神灵安止，余庆下流，凡在云仍，毕沾兹荫。酒殽之奠，惟告其衷，精爽如存，尚祈鉴飨。

杉属柏科，历万年而常青。

800多年后的今天，在文公山的松涛树影里，我似乎仍能听到朱熹的声音。如祭文所言，此时距离朱熹第一次回乡已经过去了27年，而此时的朱熹也早已名满天下了。在整个文公山之行中，我只遇到过一个人，那是一个黑黑瘦瘦的中年山民，穿着一件迷彩服，扛着一根硕大的木头，在狭窄的山路上，三步两步，与我擦肩而过。

他远去的身影，越发显出文公山的空寂。

而在婺源城里也很难找到朱熹的痕迹，一定要找，也就是新打造的旅游景点熹园，和他有一点联系。熹园坐落在幽静的锦屏街上，是婺源重要的旅游景点，宣传册上却介绍说熹园是文化意蕴深厚的"文人写意山水园"，对于朱熹，连提都没有提。这太过分了！不管怎么说，这里毕竟是朱子故里。时令已是暮春，蔷薇开得正好。古人有"到蔷薇、春已堪怜"之句，能够隐隐感到，春天正一步一步离我们远去了。

有一点点感伤。

熹园里的一切，似乎都与朱熹有关，又似乎都与朱熹无关。游人们大声喧哗，边走边随手拍照，没有人关心朱熹，以及与他有关的一切。陪同的老师是当地的文化工作者，一路走一路介绍这是某处遗址，这是某人故居。我于是知道，熹园建在朱子祖居地朱家庄旧址之上，自"茶院朱氏"二世祖、三世祖在此定居后，此地便名为"朱家庄"。整个园区环绕朱绯塘展开，依次建有"阙里牌坊""尊经阁""澹成堂""朱家祠"等徽派建筑群，和"紫阳书院""文化碑廊"等文化景观，旅游的内容远远大于文化。

好在催生朱熹千古名篇的朱绯塘，在高天下依然清澈。

天突然就下起了大雨，陪同的老师慌慌张张，将我引进一间茶室。茶室是在朱氏后人旧宅的基础上改建而成的，最早的主人名叫朱焕文，清代徽商，而茶室沿用旧称，名为"澹成堂"。

"澹成"二字源于"非澹（淡）泊无以明志，非宁静无以致远"，出自诸葛亮晚年写给他8岁儿子诸葛瞻的一封家书。

虽说是做了茶室，不断有游客出入，澹成堂却并不喧嚷，周遭散发着老宅子所特有的气息，茶案和古琴在幽暗中闪着久远的光芒。菊花茶也好，有深谷的幽香。听说婺源皇菊为当地名优特产，色泽金黄，花瓣密实，华贵如牡丹。因产于高山红壤，花瓣里含有多种氨基酸、维生素和微量元素，近年来成为养生新贵们的新宠。隔着雨帘，能看见对面屋顶上的鱼鳞小瓦正在一点一点变黑，很快就成泼墨一般的颜色。徽派建筑所独有的"四水归堂"，一时水泻如注，仿佛雨瀑，发出巨大的轰响。

听风、听雨、听琴，不知今夕何年？身在何处？

只是幼时的朱熹，真的在这座园子里居住过吗？抑或在这座园子里读过书？

没有，绝对没有，幼年的朱熹没有来过熹园，熹园是今人旅游思维下的杰作。他甚至也没有到过朱家庄，这个地名，他只是从父亲口中一次次听说。幼时的朱熹，居住在福建尤溪城南的毓秀峰下，5岁开蒙，随父亲朱松读书。"洞洞春天发，悠悠白日除。成家全赖汝,逝此莫踌躇。"这是朱松为勉励儿子读书,专门写的一首《送五二郎读书》,殷殷切切,期盼甚高。他接受的是父亲为他设定的二程理学教育,以"四书"为本,始读《小学》。伴着春日初生的细柳,朱熹大声诵读中国文化的经典,开始了自己圣人之学的第一步。

著名学者钱穆先生曾说:"在中国历史上,前古有孔子,近古有朱子。此两人,皆在中国学术思想史及中国文化史上发出莫大声光,留下莫大影响。"钱穆是我母亲仰慕的学者,我家的书架上有很多他的著作。中国哲学思想史上有两个最繁荣的时代,一个是先秦时代,另一个是宋明时代。宋明时期,是中国历史上哲学家、思想家出现最多且思想水平最高的阶段,以朱熹学说为代表的宋明理学,是对先秦儒家思想新的发展。然而他对闽地的影响,似乎远没有对徽州的影响深刻。据著名徽学专家叶显恩统计,明清两代,徽州共有书院54所,而"以紫阳为大","六邑诸儒遵文公遗规,岁岁九月讲学于此"。这指的当然是歙县的紫阳书院,文公当然是指朱熹。朱熹对徽州人读书致仕的推动是巨大的,而徽州在科举上的盛名,也主要来源于朱熹在全国的显赫声名。方志里说,"自井邑田野,以至远山深谷,居民之处,莫不有学,有师,有书史之藏。其学所本,则一以郡先师朱子为归",一点也不夸张。

与油菜花比起来,柳树似乎更受文人喜爱,尤其是在水天相映的江南,垂柳在文人诗中,更是必不可少。即如眼前,熹园朱绯塘边的细柳正在雨中绦绦。春水初漾,春柳新绿,即便雨中,春光也无限美好。传说尤溪八景之一的"韦斋垂柳",是朱熹幼年时所手植。我没有去过福建尤溪,也不知少年朱熹课读过的"韦斋故居"如今还在不在了。"袅袅柔丝正拂廊,好将垂柳作甘棠。"读朱熹的《韦斋垂柳》诗,能够感受到春日的气息。

雨停了,身后的紫阳书院,紫底金字的牌匾灼灼如火,在薄暮中明亮着。突然又拥进了很多人,导游举着三角旗在前头带路,身后一片喧嚣。有人大声发问:"来这里干什么?这是个什么字啊?谁知道?"

他问的是"朱熹"的"熹"字,对于现代社会中的人来说,这个名字,有些陌生了。

没有人回答他,导游举着三角旗蹿到前面去了。

婺源的油菜花开了,婺源很热闹。

(原载于《滇池》2017年第11期)

雨中篁岭行

2016年4月2日，暮色苍茫时分，我到达婺源的篁岭。

是在篁岭脚下，这样的时候，当然不可能再上去了。这已经是我第 N 次进入徽州，对这里的一切渐渐熟稔。万亩灿烂如金的油菜花田，此时已渐入青绿，毕竟春深如海的时候，油菜花季即将过去了。然游人仍熙熙攘攘，慕篁岭盛名而至，前赴后继，不绝如缕。

篁岭因"晒秋"名噪一时，其保存完好的古村落天街，号称"一幅流动的《清明上河图》"。但我今晚只能宿在岭下了。是传统的徽州民居，俊逸的马头墙，小小一方天井，生长着花花草草。植物都散发出很洁净的气息，不像城市里的草木，吸纳了一天的汽车尾气和生活废气，恹恹的，很衰的样子。乡村的花草树木，即便是在阳光即将收尽的傍晚，也一样蓬勃。天边有霞云燃烧，山间有暮霭缭绕，虽没有袅袅炊烟升起，却也能够知道，回家的时候到了。

人类是恋家的动物，尤其是在薄暮的时候。唐人《黄鹤楼》云："日暮乡关何处是？烟波江上使人愁。"说的应该就是这一刻。站在小客栈的场院里，能看见农人牵着牛从门前走过。不像我过去见过的南方水牛，都体形硕大，而是身量偏小，四肢偏细，肩峰偏高。据说这是山区特有的品种，学名就叫"皖南牛"，能兼作旱田水田，善于爬坡，行动敏捷，性情温和。徽州山岭绵延，河溪交错，地形复杂，所以牛蹄多为黑色，其坚如铁，最能涉水攀崖。牛们毛色橘黄，背线明晰，夕阳下，是特别入画的颜色。

乡野的黄昏，真好。

身后，热情的老板娘招呼我吃饭，灶间传出的饭菜味道，其是劲爆。说是传统民居，乡村客店，但内里的装修和设施都已经很现代化了。食材很新鲜，烹饪也别有风味，就是价格有些高。旅游带来了新气象，也让人心浮泛，在篁岭景区，别管是卖吃的、卖喝的，开车的、开店的，都急吼吼地抓钱，是过了今天就没有明天的样子。但是乡村的夜晚，还是如期而至了，这里那里，一盏两盏，如豆的灯火渐次燃起，即便是在这样陌生的地方，也很快就被一种无边的暖意所淹没。

不知为什么，这样的时候，人的心绪会一下子变得渺茫，并且辽阔。我想，这就是乡愁了。这是中国人所独有的情感，来自土地。在这个世界上，还没有哪一个民族，对土地有着如此的深情。尤其是当乡愁以文学的形式呈现时，它弥漫、缭绕、惆怅，如丝如缕，如气如息，无所不在，挥之不去。"愁"字本身，不就是因"秋"而生发的一种说不清道不明的情绪吗？所以尽管眼前游人如织，市声喧嚷，也尽管周边灯暖如火，室温如家，在异乡的薄暮中，我仍然孑然一身，有一种深深的孤独和寂寥。

哪里才是我回家的路呢？我不知道。

这让我想起在城市，想起在车水马龙的下班途中，红灯亮起的那一瞬间，心中浮起的茫然感觉。那样的时候，我心中也总是会涌起对家的思念，虽然彼时，我的家已经近在咫尺了。

乡愁是人类的精神家园，只是在很多时候，我们不能意识到。

而我这趟到徽州来，真的如人们所说，是一种"精神还乡"吗？原本也不想上篁岭的，嫌电视上的广告太铺天盖地、太商业化了！不想来了以后才发现，这是古村落的整体迁建，不仅完整地保存了古村文化的原真性，就是天街这样的商业街，也商铺林立，前店后坊，招幌飘摇，一如明清时期的风貌。但我来得不是时候，离"晒秋"还早。也好，春的篁岭，别有一番景象，茶山茶树，鲜明如染，阳气如潮。上到岭上，人山人海，有孩子赤着脚在村道上奔跑。当然是来自城市，他们的脚心，大概还是第一次接触土地，想来那感觉一定很微妙。泥土的温热，一定通过他们的心脏，传导进他们身体的每一个部位，所以他们很开心、很兴奋，他们疯跑，他们狂叫——他们不知道，他们找回了人类童年的感觉。

他们也找回了他们父辈的童年，他们的父辈在童年时，也曾这样在温热的土路上赤着脚奔跑。大约也是这样的季节，麦子快要成熟了，田野里蛙鸣如鼓，大地上阳光普照。那时候水是清的，天是蓝的，鹞子从头顶上飞过，牛在悠闲地吃草。傍晚，落日浑圆，停留在村边的草垛上，村子上空炊烟袅袅。我曾听我的父母无数次给我描述过这样的情景，童年的贫苦和艰辛，都被他们遮蔽掉了。

乡愁就是这样覆盖苦难，赋昔年以美好。

也许正是在这个层面上，婺源的篁岭具有了特殊的意义，它留住了乡村，留住了乡愁，留住了家的感觉。在网络上浏览过"篁岭晒秋"的场面，金秋十月，收获季节，篁岭村的房前屋后成了晒簟的世界，长长的木杆托起圆圆的竹簟，竹簟里摊晒着火红的辣椒、金黄的玉米、紫盈盈的茄子、青青的瓜条。斑斓，真的斑斓，斑斓极了。所以篁岭是摄影家的天堂，即便是在不"晒秋"的春季，也随处可见身背长枪短炮的摄影家们，在房前屋后招摇。

想起昨晚，一个人宿在岭下客栈，再次读到了《人民日报》著名文化记者李辉发在微信公众号"六根"上的文章，已经是我读过的第三篇了。是谈"徽州复名"，此前连发的两篇，已在文化界掀起轩然大波。《人民日报》官方微博也紧随其后，发起了黄山"复名徽州"的网络投票，超过七成的网友投票表示支持恢复"徽州"，迫使黄山市民政局长最终做出"复名调研"的承诺。

这是今年 4 月里一个重大文化事件，国内重要媒体对此均进行了大量报道。

"徽州复名"本是一个地域性事件，为什么会引发如此强烈、广泛和持续的全国性关注呢？值得思考。改革开放以来，中国经济高速发展，城市文明迅速反哺乡村文明，不仅城市建设千城一面，新农村建设也是千篇一律，承载地方历史和地缘文化的地名纷纷易名，让位于经济发展的需要。徽州就是在这样的背景下，以行政手段易名"黄山"，以主打"山岳旅游"这张市场经济的牌。不是说不能打黄山这张牌，黄山集三山五岳之美，被联合国教科文组织列入《世界文化与自然遗产名录》，给出的评语为"格外崇高"。但黄山显然小于徽州，黄山的概念显然小于徽州的概念。这一改不仅把灿烂的徽州文化——徽菜、徽剧、徽商、徽雕、徽派建筑、新安理学、新安医学、新安画派等等，统统抛弃掉了，还造成了地理上的混乱。不仅外地游客理不清"黄山市""黄山区""黄山景区"之间的关系，就是黄山人自己，也深深陷入身份认同的苦恼。于是不断有人提出"徽州复名"，30 年间从未中断，几度形成民间话语浪潮。对官员意志和权力干预的指责，也几度甚嚣尘上，以致当年的主政者屡屡成为众矢之的。

什么才是我们的根？哪里才是回家的路？我们一路追逐，追逐什么？

在我来到篁岭的那个晚上，我的心安静了。我想我的父亲和母亲如果到篁岭来，也一定能够停下来，息一息肩，喘一口气。这里的土地是那样温热，水是那样清澈，空气是那样清新。他们太累了，也太焦躁，他们需要休息。下雨了，雨把屋顶上的鱼鳞小瓦一点一点浸润，远望如元人的画，有一种简洁的美意。所以篁岭的建筑又不是传统意义上的徽派建筑，它是一种全新的建筑语言，现代建筑的先锋精神和徽派建筑的独立品格在这里得以完美融合、完整呈现。空灵、干净、优雅，包含着历史与现实、时间与空间。它是一种精神和伦理的展示，一种情绪的渲染和萦念。雨渐渐大了起来，如珠，如帘，如幕。徽州的记忆，在漫天的雨幕中，复活于篁岭的天街之上。有红男绿女逶迤而过，一个娇小女子擎一把小小的花伞，走在街心的青石上，迤迤然如同行走于昆曲舞台上。

雨中的篁岭朦胧如诗，让人感怀而惆怅。远处的山坡上，有农人牵着牛，立在雨中，路在云间蜿蜒、缥缈。几天前还灿然如金的油菜花田，此刻已绿意迷蒙，四月的古徽州，春深如海。

（原载于《岁月》2017年第1期）